WILLY

SOUVENIRS LITTÉRAIRES ...ET AUTRES

Avec un index alphabétique des principaux noms propres cités dans l'ouvrage

ÉDITIONS MONTAIGNE
IMPASSE DE CONTI, N° 2
ENTRE L'ACADÉMIE FRANÇAISE ET LA MONNAIE
PARIS-VI

SOUVENIRS LITTÉRAIRES ...ET AUTRES

DU MÊME AUTEUR

OLLENDORF

Claudine à l'école
Claudine à Paris
Claudine en ménage (Mercure de France)
Claudine s'en va

ALBIN MICHEL

La maîtresse du Prince Jean
Un petit vieux bien propre
Jeux de Princes
L'implacable Siska
Lélie fumeuse d'opium
La virginité de Mademoiselle Thulette (avec Jeanne Marais)
Ça finit par un mariage

ÉDITIONS PARVILLE

Chaussettes pour dames (avec Curnonsky)
Marc Twain
A manger du foin
Confidences d'une ouvreuse

DIVERS

Le mariage de Louis XV (Plon)
Mémoires d'un Grenadier anglais (Plon)
Un vétéran de la Grande Armée (Delagrave)
Le petit Roi de la Forêt (Hachette)
Une Passade (avec Pierre Veber) (Flammarion)
La Bayadère (Flammarion)
Maugis en ménage (Méricant)

4e Mille

WILLY

SOUVENIRS LITTÉRAIRES ...ET AUTRES

Avec un index alphabétique des principaux noms propres cités dans l'ouvrage

ÉDITIONS MONTAIGNE
IMPASSE DE CONTI N° 2
PARIS (VIe)

De cet ouvrage il a été tiré
1 exemplaire sur Japon
et 25 exemplaires sur papier pur fil Lafuma
numérotés de 2 à 26

CHAPITRE PREMIER

Enquêteurs et enquêtés Gaston Picard, Jean-Bernard, Ajalbert, Divoire, etc. — *Correspondances saphiques des journaux de modes.*

Comme un vol de corbeaux hors du etc..., les enquêteurs fondent à grand bruit sur le malheureux homme de lettres, ils croassent et multiplient.

Pourquoi ne pas les écarter ?

A mon jeune ami Gaston Picard (1), idéaliste lascif, j'eus l'imprudence de déclarer, l'année dernière : « Si l'Agriculture manque de bras, la Littérature ne manque pas de pieds ». Cette vérité irréfutable ayant été reproduite par 186 gazettes départementales, je jurai, devant la facture que me pré-

(1) J'ai silhouetté Picard sous ce pseudonyme anagrammatique « Dracip » dans la *Bonne Maîtresse,* roman montmartrois que, pendant la guerre, s'empressa de signaler aux rigueurs de la Censure un fielleux confrère nommé par les lecteurs du *Matin* « Forest » et par son acte de naissance: « Nathan ».

senta l'Agence découpeuse de journaux, de ne plus répondre, désormais, à aucune enquête. Malheureusement, je n'ai jamais pu tenir un serment de ma vie.

Un autre ami, « curieux » dans toutes les acceptions du mot, l'érudit Jean-Bernard de la *Presse Associée,* voulut savoir pourquoi les écrivains écrivaient.

Jean Ajalbert répondit, avec un humour à désarmer le duc de Trévise lui-même: « Je me le demande. » Divoire exprima une indécision analogue, en termes plus ésotériques: « Demandez à Monseigneur l'Hyperconscient ». L'inquiétant converti Max Jacob expliqua, non sans finesse: « Pour mieux écrire. » Pierre Mille galopa dans la voie des aveux: « Parce que je n'ai réussi dans aucune autre profession, même inavouable ».

Duo d'Eugène Montfort et de Marcelle Tinayre, chantant à la tierce. Lui: « Parce que j'ai ça dans la peau ». Elle: « Parce que c'est ma vocation, comme un pommier porte ses pommes ».

Quant à Gauthier-Villars, voici sa réponse: « J'écris pour convaincre quelques confrères des deux sexes que, malgré leur vif désir de me voir enterré, je subsiste encore ». Décidément, le père des *Claudine* aura du mal à devenir sérieux, qu'il signe Henry

Maugis, Robert Parville, Jim Smiley, l'Ouvreuse ou Boris Zichine. Pourquoi donc tant de pseudonymes?

Dans une biographie où il me représentait « blond et bleu, portant sans ostentation un aimable embonpoint et plusieurs ordres étrangers », Félix Fénéon (le compagnon « Elie » de cette *Passade* (1), sur quoi s'excite M. Edouard de Keyser, polygraphe sans génie), prétendait qu'en multipliant les faux-nez, ma modestie cherchait à dépister la renommée plus sûrement.

Aussi bien, c'est une mode universellement répandue.

Le socialiste unifié « Bracke » enseigna le grec sous son nom véritable: Desrousseaux. « Jules Guesde » s'appelait, en réalité, Basile. Les registres de l'état civil n'ont jamais connu le ministre « Jules Simon », mais seulement Suisse, dont le pseudonyme était le patronyme d'un autre politicien, « Lockroy ».

Les trois-quarts des littérateurs s'affublent d'un masque: « Anatole France » dis-

(1) L'héroïne de ce livre, Mina Schrâder de Nysolt (*alias* Dupont de Nyeweldt), graphomane exaltée, manifestait autrefois l'intention de juguler Pierre Veber. Elle envoya, en outre, à moi des lettres de 30 pages et au député Lazare Weiller un coup de revolver. Il fallut l'interner (la demoiselle, pas le parlementaire).

simulait Thibaut et « Pierre Loti » l'officier de marine Julien Viaud. Les romans de « Rosny » sortent du cerveau des frères Boex (dont l'aîné a tant de talent). Le capitaine de vaisseau Bargone est inconnu des admirateurs de « Claude Farrère ». Et nombre de lecteurs, s'ils savent que « Jean Rameau » est Lebaigt et « Xanrof » Fourneau, ignorent que le spirituel « Henri Duvernois » porte le nom peu parisien, de Schwabacher.

La particule tente les bourgeois. Tandis que la comtesse de Martel, née Mirabeau, adopte un monosyllabe gamin: « Gyp », Louise Chassaigne, épouse Pourpre, se fit appeler « Liane de Pougy » (à cause de son linge, elle garda les mêmes initiales); le dramaturge Wiener se mue en « Francis de Croisset » et ce serin de Dupont, né Durand, écrit au-dessous des papotages dont il paie l'insertion: « Marquis de Lardillon de Labouclede Monbissac ».

Dans la « Ruche » où bourdonnent les Abeilles butinant les *Modes des Femmes de France*, dans les *Tablettes* où stridulent moult cigales, dans les *Elégances de Paris*, ailleurs encore, les pseudonymes sont de rigueur. Il en est de significatifs. Si un mari autorise sa femme à correspondre avec l'une de ces affranchies qui signent leurs communiqués « Bilitis, Mlle de Maupin, La fille aux yeux d'or, Sapho », c'est qu'il n'a jamais lu Pierre Louÿs, Théophile Gautier, Balzac ni la poëtesse à qui l'amour semblait *glukupikros* « mêlé de douceur et de fiel » comme traduit Lamartine.

Ou bien c'est un daim.

CHAPITRE II

Les deux Willy. Octopodes autobiographiques. Mon ancêtre le Maréchal de Villars.

Le kaiser Guillaume II est né en 1859. Moi aussi.

Il a quitté sa patrie pour vivre à l'étranger. Moi aussi.

Il signe toute sa correspondance « Willy ». Moi aussi.

Mais là s'arrête la ressemblance.

Tandis que le Hohenzollern s'enorgueillit d'aïeux importants, ma naissance est modeste et mes vœux sont ceux « d'un simple bachelier » (ès-lettres).

Pourtant, à la suite d'un journal facétieux, quelques gazettes m'attribuèrent une origine illustre, il y a plus d'un quart de siècle. Le même jour, je reçus une couple de lettres envoyées l'une par un quotidien de Paris, l'autre par une revue littéraire éditée en province, toutes deux me demandant de leur expédier mon autobiographie. La publication départementale spécifiait que ce portrait devait être rédigé en vers.

Docile, je lui adressai ces renseignements que, plus tard, Alcanter de Brahm fit applaudir au Banquet des « Lettres et des Arts » présidé par Leconte, non le charmant académicien, mais Sébastien-Charles Leconte, poète somptueux et magistrat à ses moments perdus.

N'étant pas ministre, ni même sénateur, non plus que préfet, bien que j'aime le travail fait, j'ai fort peu de temps pour la flemme.

Au rebours du roi d'Yvetot, je dors fort peu, quoique sans gloire et, couché tard dans la nuit noire, le matin je me lève tôt.

D'une œuvre, une autre me repose: dans les tiroirs les plus divers j'enfourne des chansons (en vers), sans parler des romans (en prose).

C'est gai, ça l'est depuis quinze ans et, comme le vieux, je persiste. N'empêche que je serais triste, quelquefois, si j'avais le temps.

Si j'en avais le temps encore, je regarderais couler l'eau, tandis que le tremblant bouleau s'éclaire de lune ou d'aurore.

... Et dans un rêve, je me vois près de Claudine aux yeux magiques, oubliant toutes les musiques pour écouter rire sa voix. »

Quelques jours plus tard, le canard de sous-préfecture me retournait mes octopodes accompagnés de ce mot : « Mille regrets, mon cher confrère, mais nous ne pouvons publier de la prose. »

Cette expérience m'ayant dégoûté, je n'opposai qu'un froid silence à la demande du journal parisien, si bien que, vexé de mon abstention, il bouffonna ; « Notre enquête démocratique ne pouvait qu'être méprisée par ce confrère de haut lignage, descendant du maréchal de Villars, le vainqueur de Malplaquet ».

Cette « victoire » de Malplaquet me surprit... On s'instruit à tout âge!

Au vrai, mon origine est infiniment plus humble. Le premier Villars de ma famille qui ait marqué était un berger, un « heureux petit berger » comme chantait dans *Mireille* Mlle Auguez, avant d'épouser Henri Lavedan. Au commencement du règne de Louis XVI, il gardait ses troupeaux dans le village montagneux de Champsaur (rien de commun avec Félicien).

Un brave curé de campagne, desservant de Saint-Bonnet, frappé de la précoce intelligence du gamin, lui enseigna les éléments de la botanique et puis l'envoya au lycée de Grenoble (à ses frais, s. v. p.). Là, le jeune Villars, travailleur infatigable, conquit à la pointe de la plume grades et parchemins, passa brillamment tous ses examens, devint médecin, ouvrit un cours de botanique où les étudiants venaient de tous les coins de la France, créa un Jardin des plantes, écrivit des volumes appréciés du monde savant, acquit de la notoriété, puis de la gloire, et mourut en 1831 à Strasbourg, doyen de la Faculté des Sciences.

Petite anecdote pour terminer: Au temps où il était médecin-chef à l'hôpital de Grenoble, il s'arrêta près du lit dans lequel on venait de coucher un soldat blessé qui ne donnait plus signe de vie.

— Rien à faire pour celui-là, soupira le frère Johannès, directeur de la salle; un confesseur suffira.

— Non, non, voyons-le tout de même, insista Villars.

Il examina le pauvre diable longuement, minutieusement; puis conclut: « Portez-le tout de suite à la salle d'opérations ».

Six semaines après, complètement guéri, le soldat rejoignait les armées victorieuses du général Bonaparte. C'était un brave. Il se nommait Bernadotte et régna sous le nom de Charles XIV.

Je suis certain que si le souverain actuel de la Suède vient à connaître cette histoire, il ne manquera pas d'envoyer une pension au descendant de Dominique Villars qui écrit ces lignes.

CHAPITRE III

Le veuf sur le toit. — Deux académiciens m'interviewent : Jules Simon *et* Caro. *— Les bas rouges de Madame* Aurel. — Dekobra *et* Franc Nohain *au collège.*

Le trépas de Radiguet laissa son Cocteau si inconsolable, pendant près de deux mois, que les Dadaïstes collèrent au dos du dépareillé cette étiquette goguenarde : *Le veuf sur le toit.*

En revanche, la mort prématurée de ce « Diable au corps » n'apaisa pas certaines rancunes suscitées par son cynisme de potache à proclamer « Nous autres jeunes, ce qu'on a rigolé pendant la guerre ! »

Que le bourgeois offusqué par ces aveux impudents fasse un retour sur lui-même comme le Jourdain du Psalmiste. Il n'a pas dû, jeune, penser différemment. Rien de plus égoïste que l'enfance.

J'aimais beaucoup mes parents ; néanmoins, en 1870, pendant qu'ils mastiquaient dans Paris bombardé par les Prussiens d'insuffisants biftecks de cheval (« hippotecks » serait plus juste), je trouvais la vie belle à Châteauroux où ma mère m'avait envoyé, loin des balles, chez sa sœur; je flânais à travers les prés fleuris que l'Indre arrose, je séchais les classes, voluptueusement. O les adorables après-midi, sous le préau du Lycée transformé en ambulance! O les divines parties de loto avec les turcos basanés, aux dents de marbre! Un grand diable rieur, Mohammed-ben-Kekchose, mit sur sa tête ma casquette de collégien et me coiffa de sa chéchia. Des poux l'habitaient. Sans m'en douter, je les hospitalisai. Le coiffeur, mandé en hâte, vint me couper les cheveux dans le jardin, encerclé de mes cousins qui contemplaient l'opération, avec un mélange d'horreur et d'envie: « C'est des poux d'Afrique! » Cependant, ma pauvre tante, accablée de honte, pleurait en me promettant l'échafaud.

Rentré à Paris, je fis ma première communion, peu après les fusillades de la Commune, en août 1871. J'étais croyant autant qu'on peut l'être. Avec mon cierge, je faillis incendier les mousselines d'une fillette et comme l'abbé Delafosse m'objurguait, la sueur aux tempes: « Petit maladroit, un peu plus, tu lui mettais le feu!... » je répondis, extatique: « Elle serait allée tout droit au ciel. »

Au Lycée Fontanes, qui ne s'appelait plus Bonaparte et pas encore Condorcet, je suivis les cours, sans fiévreuse ardeur mais sans ennui; en 1873, on me remit une médaille commémorative: « Place de premier en composition générale de version grecque »; je l'ai retrouvée dans un grenier où elle se vert-degrisait depuis un demi-siècle. L'obtiendrais-je encore aujourd'hui, cher Thierry Sandre?

La même année, je pus admirer Jules Simon qui inspectait les classes en qualité de ministre, sauf erreur; pattes de lapin, petite moustache courte, l'air d'un maquignon paterne et finaud. Ce partisan convaincu de l'hydrothérapie, dont il vantait les bienfaits en toute occasion, m'interrogea, honneur dont je me serais volontiers passé.

— Que faites-vous, mon ami, quand vous vous levez?

— M'sieur, je m'habille.

— Et avant de vous habiller?

Il espérait la réponse: « Je me débarbouille », qui lui eût permis d'étaler sa conférence sur l'utilité des ablutions complètes. Mais, très embarrassé, je me confinais dans un silence qui finit par l'impatienter:

— Voyons, mon garçon, ne restez pas là

comme une souche! Que faites-vous le matin, avant de vous habiller?

Alors, penaud, cramoisi de confusion, je balbutiai:

— M'sieur, je fais pipi.

Beaucoup d'hommes de lettres, et de femmes aussi, ne se sont pas fripé les méninges pendant leurs années scolaires. Je le tiens de Jacques Mortane qui, honoré de leurs confidences, s'est empressé de m'en faire part, car je l'ai connu tout gosse, avant qu'il songeât à rédiger des revues sportives, avant même qu'il entrât comme secrétaire chez William Busnach, écrivaillon octogénaire, à demi dingo, qui lui donnait cent sous par jour, et des punaises.

A l'en croire, Aurel, au couvent de Saint-Mandé, scandalisait par ses jambes en bas rouges, sous des jupes très courtes, les religieuses à cent lieues de prévoir que cette petite pensionnaire, inquiétante de précocité intellectuelle, deviendrait, ardente féministe, « le berger désespéré d'un troupeau qui refuse de bêler au bonheur », pour parler comme Mme Delarue-Mardrus.

Pendant les études, sous l'œil défiant du pion qui n'encaissait pas l'élève Tessier, celui qui devait devenir le brillant « Dekobra » examinait son cœur au ralenti, son cœur incendié par une chanteuse de café-concert dont il a révélé : « Elle mettait le Pélion de ses 52 ans sur l'Ossa de mon inexpérience » (Ossa ! Pélion ! Et l'on prétend que les montagnes ne se rencontrent pas !).

Le psychologue du *Petit Trott* qui est très joli et des *Centaures* qui sont très beaux, André Lichtenberger, s'arrangeait à l'amiable avec son professeur du Lycée de Bayonne pour être malade en même temps que lui quand il faisait trop froid, ou quand il faisait trop chaud, ou quand une partie de pelote réclamait sa présence. « Cela ne m'empêcha pas, ajoute-t-il, de récolter tous les prix de la classe : nous étions un. »

Maurice Legrand, calé en lettres, s'avérait absolument décalé en matière scientifique. Dès que le prof. de math. l'appelait au tableau, ses condisciples de Janson de Sailly murmuraient : « Il va merdoyer à la planche ». Et ils ne se trompaient pas.

A son bachot de philo. on lui demanda : « Parlez-moi des os », ce qui le rendit perplexe ; après quelques minutes de réflexions infructueuses, il esquissa, des deux bras, un geste d'impuissance qui fit dire au questionneur :

— Je vois : les os ne vous inspirent pas.....

Ils vous intéresseraient davantage si vous étiez chien.

La réflexion n'avait rien de particulièrement génial, mais le candidat la salua d'un sourire courtisanesque, de sorte que l'examinateur, flatté, lui alloua une note suffisante pour le sacrer naturaliste, et chimiste, et physicien par-dessus le marché. Depuis ce jour, Maurice Legrand n'attribue aux diplômes qu'une valeur mystique et les blague volontiers en ses écrits, qu'il signe « Franc-Nohain ».

On lit dans les Caractères de La Bruyère (édition G.-A. Masson) « Herriot a le teint frais, le visage plein et les joues pendantes, l'œil fixe et assuré, les épaules larges, l'estomac haut... »

Sur les bancs du lycée Saint-Charlemagne, il épatait déjà ses condisciples, comme il fit ses collègues (pas tous), sur les bancs de la Chambre des députés. Le biographe de *Blaise Putois, boxeur,* m'assure que le rhétoricien Herriot, chargé de narrer l'entrée d'Isabeau de Bavière (1) à Paris, rédigea sa

(1) Cette dame fut stigmatisée à l'Odéon par Paul Fort, merle tout de noir vêtu qui siffle avec le même entrain, assurent des thuriféraires, et les vieilles Chansons de France et les bouteilles de vin blanc.

composition en un « viel françois » dont s'émerveilla toute la classe où se trouvaient Léon Daudet, Camille Mauclair, Paul Claudel, Fortunat Strowski, sans oublier un stagiaire chargé de cours « barbe fleuve, yeux candides », Romain Rolland.

Après tant de grands noms, je n'ose me nommer... Vu l'abondance des matières qu'il fallait s'assimiler, j'étudiais uniquement celles auxquelles je trouvais, à tort ou à raison, quelque attrait, que l'enseignement me fût donné au Lycée Bonaparte-Fontanes-Condorcet, ou au Collège Stanislas, ou à l'École Monge — « une école charmante et pourtant disparue » a soupiré Maurice Renard en enterrant Léo Claretie — dont on se promettait monge et merveilles...

Un excellent professeur de rhétorique, M. Feugère, avait coutume de dire: « Quand je vois vos yeux fixés sur moi attentivement, je songe: — Attention! Si ce fantaisiste s'intéresse à ce que je dis, c'est que, sûrement, je me suis lancé dans une digression étrangère à mon sujet... »

C'est surtout à la poésie que je m'adonnais avec passion: mes vers français, d'une élégance proprette, se garaient de toute originalité; je réussissais mieux les vers latins, sans arriver pourtant à la maîtrise du peintre Ferdinand Humbert qui a bien voulu me donner des pièces d'une maestria à faire jaunir d'envie Sannazar et Henry Céard — évidemment cette occupation ne peut qu'exciter le mépris des lascars dont parle Kipling « qui lisent avec leurs coudes et pensent avec leurs bottes ».

Il me souvient d'un devoir développant le thème « ... Tout chante dans la Nature »... (*Barbe-Bleue*). Les hexamètres se suivaient et se ressemblaient, musicaux pour célébrer la Musique universelle. *Est et arundineis modulamen amabile ripis...*

Ici le professeur sursauta; blessé dans son misonéisme qui n'admettait rien en dehors du siècle d'Auguste, il blâma *modulamen,* mot de la mauvaise époque, selon lui, mot sentant son Sidoine Apollinaire. Des protestations s'élevèrent contre l'étroitesse de ce classicisme, si indignées, si convaincues, que le brave homme se mit à rire et passa condamnation.

Malgré l'irrégularité de ces études, je passai mes divers bachots sans douleur. Le précieux Caro que, plus tard, sa caricature (Bellac) du *Monde où l'on s'ennuie* devait rendre à jamais ridicule, Caro me posa, sur un chapitre de Kant que je connaissais mal, une question que je ne compris pas du tout;

je lui répondis par des considérations prudemment absconses dont il écouta le nébuleux développement sans m'interrompre ; quand je m'arrêtai, à bout de souffle, il prononça simplement « Soit », d'un air si résigné que j'eus du mal à ne pas éclater de rire. Ces jours-ci, en relisant *Paludes,* je tiquai sur ceci : « Quand un philosophe vous répond, on ne comprend plus ce qu'on avait demandé » et ce paradoxe de Gide, en me rappelant mon examen, me rendit songeur, car, j'en appelle à Jacques Rivière, que faire en lisant Gide, à moins que l'on ne songe?

Pourquoi Himly, professeur d'histoire, m'interrogea-t-il sur *Guillaume Tell ?* Je n'en sais rien. Je sais seulement qu'à son assertion « après Gœthe, le plus grand poète germanique est Schiller », j'opposai crânement mes préférences pour le cher Henri Heine. Il s'indigna, ce qui ne l'empêcha pas, après une chaude discussion en allemand — que j'aurais du mal à soutenir aujourd'hui — de me gratifier d'une très bonne note, avec cette absolution rehaussée d'un formidable accent alsacien : « Allez et ne bêchez plus ». Ce « bêchez » fit ma joie.

CHAPITRE IV

L'orang Tailhade, Mallarmé *et autres.* — Sarcey *chahuté.* — *L'inceste au théâtre.*

Dans une conférence à l'Atelier, Georges Pioch a récemment évoqué l'époque tumultueuse et si amusante des premiers vers-libristes, des chat-noiristes, des essayistes-wagnéristes, des symbolistes, des cymbalistes, l'époque où les succès de Moréas empoisonnaient cet infect Laurent Tailhade, qui décrétait, jaune d'envie: — « Ce grec est bête comme un ténor », l'époque où vaticinait Charles Morice « coutumier des grandes ambitions rarement suivies d'effets » si j'en crois *la Basse-Cour d'Apollon,* également dure pour Henry Bordeaux « cher aux charcutières sentimentales », pour Doumic « nullité constipée et rageuse », et pour Félicien Ch... « dont le nom évoque les harengs fumés », l'époque où la représentation d'*Ubu Roi* fanatisait cinquante pour cent des spectateurs et exaspérait l'autre moitié... si bien que le délicieux Jean de Tinan, partagé entre deux courants d'opinions violemment antithétiques, s'ingéniait à les concilier en applaudissant à grand fracas tout en sifflant comme un merle.

Voici l'une des cent anecdotes égrenées par Pioch :

« ... A la répétition générale de *La fille-aux-mains-coupées,* comme Francisque Sarcey riait insolemment, aux fauteuils d'orchestre, un jeune homme de forte corpulence, le poète oublié Saint-Paul Roux, enjamba le parapet des premières galeries et, se suspendant au-dessus de la tête de l'infortuné critique, il se mit à vociférer : « Monsieur, si vous continuez de rire ainsi, je me laisse tomber sur vous... »

Enthousiasmée par cet héroïsme (sans péril), la foule cracha contre le philistin Sarcey d'effroyables malédictions qui semblaient l'amuser infiniment et auxquelles je ne pris aucune part.

Sauf erreur, Paul Roux, qui se faisait appeler Saint-Pol-Roux-le-Magnifique, simplement, ne connaissait pas le martyre de l'obèse, immortalisé par Henri Béraud ; je le vois plutôt mince, ce poète de la *Dame-à-la-Faux* qui ne manquait pas de mérite sinon de naturel, l'air d'un pianiste sicilien, yeux noirs, cheveux noirs, pensers noirs, noir comme un dièze.

J'assistais, moi aussi, à cette générale, en

mars 1891, mais je n'ai pas gardé un souvenir très précis de Sarcey menacé de recevoir sur la tête les pieds de Damoclès, je veux dire de Saint-Paul-Roux-le-Magnifique.

Au vrai, dans cette grande salle du faubourg Poissonnière, les spectateurs du Théâtre d'Art menaient un tel tapage que ce burlesque incident a pu passer inaperçu.

Les thuriféraires du temps voyaient en l'auteur de la *Fille aux mains coupées,* Pierre Quillard, le trait d'union « entre le talent plastique d'Ephraïm Michael et la manière rêveuse d'Henri de Régnier ». Ils avaient de bons yeux.

Porteur d'une barbe sévère, ce jeune poète possédait, en outre, un coquin de petit nez rigolo malgré lui, un immense amour pour ces Arméniens chers à Séverine, chers à Gabrielle Réval, chers à d'autres encore, mais que Claude Farrère considère comme le rebut de l'humanité; une telle haine l'embrasait contre les Turcs, que le grec turcophobe Psichari, gendre de Renan, devant qui je l'entendis expectorer ses théories à Rosmapamon avec une naïveté sanguinaire, en parut gêné. Leur férocité simpliste, genre Ubu, m'amusa beaucoup. (1)

(1) Dreyfusard intensif (comme Ferdinand Hérold auquel il servit de témoin quand je croisai le fer avec le poète de

Parnassien de première classe, il élaborait des vers, aujourd'hui illisibles, qui ne s'occupaient du naturel que pour le chasser au galop, mais supérieurs, en tous cas, à l'intrigue de sa pièce symbolico-médiévale, oscillant entre le ziste et l'inceste. Figurez-vous une vierge aristocratique, irritée contre son père qu'elle trouvait exagérément tendre et comme envertigé par un « simoun » de désirs coupables, un père inquiétant comme celui de Peau d'Ane (dire qu'on donne ce conte à lire aux enfants!...) ou celui de la princesse Vouzin-Boufflers chère à l'émouvant dramaturge Schopfer, dit Claude Anet, qui a connu intimement cette « fille perdue ». L'incandescent géniteur ayant déposé sur les mains filiales un baiser tendancieux, l'héroïne les faisait couper. Mais elles repoussaient bientôt (c'est comme j'ai l'honneur de vous le dire), de sorte que, pour fêter sa guérison, la jeune personne décidait de se donner du bon temps avec un poète qui s'engageait

> A faire vivre, par delà les étendues,
> Son nom glorifié sur les cordes tendues.

Les Péans et les Thrênes), Quillard m'en voulut de ne pas me ruer au secours du condamné de l'Ile du Diable que je connaissais bien, ayant été, en même temps que lui, lieutenant au 31e d'artillerie, dans la bonne ville du Mans.

Les femmes ont toujours adoré la réclame, chacun sait ça.

Le même soir, Paul Franck, qui est devenu mime en vieillissant, alors tout jeunet, tout fluet, tout coquet, jouait un drame cérébral de Rachilde, étrange et puissant, *Madame la Mort,* avec une artiste dont l'auteur vantait à juste titre « le visage de camélia blanc, irisé d'immenses yeux de rosée pure » et qui épousa le sympathique créateur du Théâtre populaire de Bussang, Maurice Pottecher.

Après les pièces, on récita des vers de Mallarmé. Des hurlements d'admiration s'élevèrent. Tous, sauf le poète de *Thulé des Brumes* qui méprisait ce brumeux « Calchas pour métèques prosternés », tous acclamaient le maître aux gestes lents de sacerdote : Catulle Mendès bouillonnant d'une exaltation bien imitée; Léon Dierx qui répandait autour de lui une atmosphère de majestueux ennui ; le dessinateur Verlainien Cazals, si 1830, si féroce et si loyal; le postillonneur Jean Lorrain gileté d'un arc-en-ciel; Verhaeren à la chevelure couleur de faro; José-Maria de Hérédia, basané comme un vieux cuir de Cordoue, tous, vous dis-je.

Une souple rousse aux yeux noirs poussait de petits cris d'extase, tout en se repoudrant le nez. Son nom appartenait à l'aristocratie « spontanée » comme a dit Fernand Aubier, parrain de la « circéenne » Yveline de Montry...

Le plus emballé, celui qui transpirait le plus, était Paul-Napoléon Roinard. Le brave cœur ! A coup sûr, le talent ne l'étouffait pas, mais à toutes les manifestations de ce « Théâtre d'Art » fondé et soutenu par Paul Fort (quoique s'en prétende le créateur un insupportable raté, Jules Méry, dit « M'as-tu lu » ex-anarcho grassement appointé par la Maison de jeu de Monte-Carlo), Paul-Napoléon apportait le concours de son zèle infatigable, de ses bourdonnements bien intentionnés et de ses avis lénifiants : l'Abeille du Coche.

Comme je l'ai dit, je ne m'associai pas aux invectives lancées contre Francisque Sarcey, que conspuaient rituellement tous les artistes, ou se croyant tels, de la jeune génération. C'était devenu un sport.

Un jour que Vallès, toujours travaillé par le besoin d'épater la galerie, hurlait dans je ne sais plus quel abreuvoir littéraire : « Il me faut cent mille têtes de bourgeois », Barbey d'Aurevilly répliqua : « Celle de Sarcey me suffira », ce qui fit déborder l'enthousiasme — et les chopes.

CHAPITRE V

Le journal " Lutèce ". — Albert Delpit *pleure dans les bras de ma cousine et fait pipi dans son pantalon.* — *Le pauvre* Paul Alexis.

En ce temps-là, je logeais mes élucubrations hebdomadaires et rossardes dans une petite feuille du quartier latin *Lutèce,* dont Ernest Raynaud (qui était alors commissaire de police), a écrit l'histoire avec une verveuse exactitude. A côté de mes fumisteries brillait la poésie apportée par Verlaine, Moréas, Henri de Régnier, Vielé Grifin, Gustave Kahn, toute une bande d'écrivains suspects à la bourgeoisie bien pensante.

Malgré cette collaboration étincelante, la renommée de *Lutèce* ne passait guère les ponts. Cependant, sur la rive droite, je comptais deux lecteurs, deux lecteurs assidus qui suivaient mes articles comme, à l'époque des vendanges, les gamins suivent les voitures chargées de raisins, espérant en chiper quelques grappes.

C'étaient deux hommes de théâtre, qui s'annexaient nombre de mes facéties et les enchassaient dans leurs revues en les déclarant avec amabilité « impayables » ce qui les dispensa toujours de me les payer.

Un jour, Sarcey reconnut, dans une de leurs pièces, deux ou trois douzaines de mes « trouvailles » — c'est le mot qu'il employa — et les signala. A dater de ce jour, le normalien d'Adrien Hébrard me devint sacré.

Il me prit en amitié. Jamais il ne se formalisa des blagues chatnoiresques dont je lardais son abdomen — j'étais mince, alors (« sottile, sottile », chante le Falstaff de Verdi). Toujours, dans le *Temps* et le *Matin*, il traita ce qu'il appelait mes « fantaisies outrancières » avec une indulgence amusée, même quand il ne les comprenait pas. Est-ce à dire que je le tenais pour un artiste? Point du tout. Il confectionnait ses articles au galop « sans prendre la peine de vérifier son impression fugace, sans s'astreindre à aucune réflexion » a noté Charles Maurras; sans jamais retoucher ce que lui dictait sa Muse, incontestablement « pedestris », il écrivait (traduisons librement), « comme un pied ».

Mais ses anecdotes m'amusaient, celles, surtout, qui remontaient à 1871. C'était le temps où, pour purifier la France des hontes de l'Empire, la jeune République du 4-Septembre rêvait de tout moraliser jusqu'aux cafés-concerts.

Touché de la grâce, comme les autres, le Casino-Cadet, pince-cœur sans envergure, résolut, lui aussi, de se régénérer. Il en avait besoin. Dispensez-moi de décrire sa galerie circulaire dite « Allée de la Grande-Armée », vu les « vieilles gardes » qui s'y pressaient...

Mandé en toute hâte pour prononcer une conférence moralisatrice, Sarcey accourut dans ce local bizarre et se trouva en présence de trois demoiselles mafflues, d'allure pauvre mais déshonnête, qui, sans soupçonner les transformations salvatrices rêvées par la Direction, attendaient impatiemment l'ouverture du bal. En apercevant le nouveau venu, la plus dodue des trois grasses s'écria :

— Chouette ! C'est toi le nouveau chef d'orchestre, mon gros père ? On va rigoler !

On ne rigola pas, mais Sarcey refusa de prendre la parole et le Casino-Cadet renonça, du coup, à se régénérer.

Un autre levier du relèvement social, plus convaincu encore, était Albert Delpit, penseur truffé de bonnes intentions, cœur droit et esprit faux. Comme il écrivait mal, ce don Quichotte à la Manque, figure longue, allongée encore par une barbiche rouge !

Après je ne sais quelle discussion avec Alphonse Daudet, il lui envoya un ami porteur de ce mot : « J'ai la plus vive admiration pour votre talent, mais non pour votre caractère ». Le père du fougueux polémiste de l'*Action Française* sourit et répondit au commissionnaire, de sa voix musicale : « Dites-lui que moi, c'est tout le contraire ».

Delpit qui se croyait du génie parce que la « *Bévue* » *des Deux Mondes* accueillait son *Fils de Coralie* et autres mignardises du même tonneau, Delpit faillit en trépasser de rage.

Avant d'atteindre l'âge de raison, Delpit s'était pris de passion pour une charmante fillette, ma cousine Blanche L... (aujourd'hui grand'mère) à laquelle, avec l'entêtement inflexible des enfants, il s'obstinait à redemander, toutes les fois qu'il la rencontrait, l'histoire, toujours la même, du Petit Chaperon Rouge. Et chaque édition de l'inamovible récit arrachait régulièrement au trop sensible gamin des torrents de pleurs.

Un jour, lasse d'être mouillée, la jeune narratrice s'avisa de modifier le dénouement de Perrault — comme firent depuis Gounod et Bruneau mariant, vers minuit, leurs héroïnes de *Mireille* et du *Rêve* dont la mort chagrinait les abonnés de l'Opéra-Comique. Auréolée d'optimisme, elle conta :

« ... Le loup allait s'élancer sur le Petit Chaperon Rouge, quand, heureusement, un chasseur survint qui tua la bête féroce ; la mignonne enfant fut sauvée. »

Mais le moutard tenait à son désespoir chronique ; rituellement, il éclata en sanglots et s'écria, ruisselant de larmes : « Non, Blanche, tu t'as trompée, y avait pas de chasseurs et le méchant loup a mangé le pauvre Petit Chaperon Rouge... Hu ! hu ! hu !... »

Pendant toute son existence, Delpit écrivit sans relâche et la postérité ne connaîtra de lui ni une ligne de prose, ni un vers, ni un trait d'esprit. Si, pourtant, il prononça un mot drôle à l'âge de trois ans. Aux Tuileries, un accident lui était arrivé, un accident déplorable. Et comme sa gouvernante anglaise l'emmenait, réprobatrice, passant au milieu des nourrices et des bonnes d'enfants, le pauvre Albert, déjà soucieux de l'opinion publique, murmura d'une voix angoissée, sans oser lever la tête : « Miss, est-ce que le monde a l'air de savoir que j'ai eu un malheur dans mon pantalon ? »

Bien entendu, Albert Delpit fut, lui aussi, piqué de la tarentule conférencière. Romancier miteux, il tint à prouver que, chez lui, l'écrivain l'emportait encore sur l'orateur. Il y réussit...

Du moins, il possédait une qualité: le courage . Il mettait l'épée à la main pour une discussion de jeu, pour un heurt maladroit, « pour un louis ou pour un gnon », eût dit Maugis.

Est-il besoin d'ajouter que ce malchanceux maniait l'épée aussi médiocrement que la plume? Et les armes à feu aussi médiocrement que les armes blanches?

Lors de son inoffensive rencontre au pistolet avec Paul Alexis, tout le monde s'amusa de la gaucherie des duellistes, sauf les quatre témoins qui appréhendaient de recevoir les balles tirées par leurs empotés de clients.

Infortuné Delpit, gouaillaient les boulevardiers : raté du théâtre, raté du roman, raté même par Paul Alexis!

A propos de ce zoliste, justement oublié, le couple Deffoux-Zavie, qui connaît le groupe de Medan comme son Pater (mieux, peut-être) m'a conté que le somnolent naturaliste vit, un vilain matin, deux policiers bourrus pénétrer dans son logis de la rue des Apennins « une chambrette tapissée de bleu comme celle d'une rosière », précisait le narrateur, presque attendri.

— Vous êtes bien le sieur Paul Alexis?

— Parfaitement.

— Enfin, nous vous tenons! Vous êtes condamné à la déportation à vie dans une enceinte fortifiée; suivez-nous!

Anéanti, le pauvre diable fut conduit au commissariat, puis au Dépôt, puis au Cherche-Midi, menottes aux poignets. Il fallut douze jours et vingt-quatre interrogatoires pour convaincre l'autorité que le médiocre chroniqueur du *Cri du Peuple* n'avait rien de commun avec son homonyme, lieutenant des « Vengeurs de la Mort », recherché depuis l'écrasement de la Commune.

Toutes les fois qu'Alexis dit « Trublot » narrait cette mésaventure, et il la narrait souvent, il ne manquait pas d'ajouter:

— Ce qui m'a le plus dégoûté, c'est qu'en me relâchant ces cochons m'ont dit: « Tâchez moyen qu'on ne vous y reprenne plus ».

CHAPITRE VI

Chabrier *juge* Massenet. — *Mlle* Madeleine de Swarte *me juge dans les* “ *Fourberies de Papa* ” .— Gounod *juge* Gustave Charpentier.— *Le tragédien* Silvain, *navigateur et tireur à cinq.* — Armand Silvestre *et ses maîtresses.* — *Le génie de* Wagner *et les ridicules de* Bayreuth. — “ *Claudine s'en va.* ”.— Mlle Polaire *et* “ *Siegfried* ” — *La chemise d'un sociétaire et* M. Raymond Roussel.

C'est en écrivant à *Lutèce* que je fis la connaissance de Sarcey ; celle, aussi, d'un compositeur dont les gens même qui craignaient la musique appréciaient certaines amusettes mélodico-zoologiques, canards qui se dandinent, gros dindons ébouriffés d'orgueil, petits cochons roses dont la ballade recèle une modulation amenée cocassement, la queue en vrille, toute une basse-cour en liesse que ne font pas oublier les récents *Bestiaires,* plus raffinés, de Poulenc, dans lesquels, ainsi que dans les *Histoires naturelles* de Ravel, le talent abonde.

Ces sujets convenaient à Chabrier, et aussi les *Propos de buveurs* que devait lui forger Richepin, d'après Rabelais.

Malheureusement, au lieu d'obéir à la bonne Loi naturelle, il se laissa manœuvrer par Catulle Mendès ; les conseils de ce littérateur wagnérien, ou se croyant tel, le poussèrent à barboter dans le plus artificiel lyrisme et, sous prétexte qu'il admirait les drames bayreuthiens, à forcer son talent pour peiner sur une *Gwendoline* que, sans être un lourdaud, il ne pouvait faire avec grâce, du moins avec unité, car les contradictions y fourmillent et les neuvièmes et les romances et toutes les antithèses lucidement signalées par Emile Cottinet: « paroxysme et langueur, extrême raffinement et presque vulgarité ». (Ce « presque » est délicieusement aimable).

Cette machine tetralogico-scandinave, où il perdit le meilleur de ses qualités, c'est elle qui me rapprocha du compositeur.

On exécutait au Cirque d'Eté le Prélude du deux de *Gwendoline;* il y a 40 ans de cela et je me souviens du concert, comme s'il avait eu lieu la semaine dernière; Van Dyck ténorisa les Adieux de *Lohengrin* ; la pianiste Silberberg pleyela un concerto de Tschaïkowsky plutôt vaseux (puisse M. Stravinsky me pardonner ce blasphème); enfin Lamoureux dirigea, avec une sécheresse brillante, la page de Chabrier; elle me fascina. Naïvement, je le proclamai dans mon compte-rendu, indigné contre un confrère — Kerst, je crois — qui, jugeant l'œuvre luxuriante à l'excès, reprochait au compositeur de « mettre trop de choses dans chaque mesure ». Soulevé d'une juvénile indignation je ricanais: « Dirait-on pas Ali-Baba écœuré par l'abondance des richesses amoncelées dans la caverne et qui ronchonnerait: « Trop de perles, trop de diamants! ».

Joie inespérée! Je reçus un billet désinvolte de Chabrier félicitant « le brave petit confrère de *Lutèce* » de ne pas se plaindre « que la mariée soit trop belle » et le remerciant de « cogner sur les Ali...Gaga! »

Quelques jours après, je rencontrai mon indulgent correspondant à l'Opéra où sévissait la première du *Cid* ; précautionneusement, ne sachant s'il goûtait cette massenetterie, « enduite d'onguent mystique » a justement noté René Brancour, j'eus soin de ne parler à Chabrier que des interprètes, le beau Rodrigue de Rezské, l'émouvante Chimène Devriez, l'infante Bosmann qui ravissait les abonnés avec un *Alleluia* d'opérette et, éblouissante dans ses danses espagnoles,

Rosita Mauri dont je fiançai le nom à celui de mon interlocuteur dans un quatrain latino-fumiste qui amusa mes lecteurs du Quartier Latin. En ce temps-là (1885), ils n'étaient pas difficiles :

Quand Rosita Mauri dont les grâces enchantent
Revint pour saluer les gens de l'Opéra,
Chabrier, pensif murmura.
« Mauri, tu ris, tes saluts tentent. »

La franchise de Chabrier ne me laissa pas ignorer ce qu'il pensait de cette partition, l'une des moins réussies de Massenet :

— Mon bonhomme, me dit-il, c'est de la sous-merde.

Cette parole définitive me donna le goût de la critique musicale.

Dans les *Fourberies de Papa*, où sa piété filiale me met en scène, considérablement embelli, Mlle Madeleine de Swarte invente une très curieuse profession de foi du « six » Georges Auric, au cours de laquelle il est question de Gounod, remis à la mode par les novateurs du dernier Dancing, les polytonaux désireux de dépasser les audaces d'Albéric Magnard qui, au dernier acte de *Mercœur,* partition d'un noble embêtement, faisait chanter des voix en si-majeur sur un accompagnement d'orchestre en *mi-bémol.*

Ce passage tout pétillant d'esprit s'intéresse surtout à la « Gounodyssée», histoire touchante et ridicule du séjour que fit à l'étranger, en temps de guerre, le musicien de *Faust,* retenu loin de sa patrie par une Circé anglaise, à laquelle il adressait des strophes enamourées mais vaseuses :

> **Je veux te dédier, cœur divin, Muse austère (!)**
> **Ces chants où j'ai parlé notre langue à tous deux.**
> **Prends-les et donne leur ta voix qui, sur la terre,**
> **Est un écho des cieux...**

Pauvre Gounod sentimental et sensuel! Jamais artiste d'esprit faible et de chair forte ne fut plus habilement chambré! Longtemps, le plus longtemps possible, Georgina Weldon, secondée à merveille par son business-man de mari, employa tous les moyens imaginables, tous, sans exception, pour garder le Maître français chez elle, en Angleterre, pendant qu'il composait *Polyeucte,* dont elle se voyait déjà l'interprète.

La famille du Disparu se désolait. Les semaines se passaient, les mois...

A la fin, des amis dévoués franchirent le détroit, bousculèrent les obstacles accumulés et emmenèrent de vive force, pour le reconduire chez les siens, le séquestré par persuasion.

Aussitôt libéré, Gounod, avec cette merveilleuse inconscience d'enfant qu'il conserva toute sa vie, manifesta du soulagement, de l'allégresse même, mais point de remords. Et comme ses sauveteurs, avec des hésitations trop compréhensibles, discutaient sur la meilleure façon dont devait s'effectuer le retour de l'Enfant Prodigue, il s'écria, resplendissant d'optimisme :

— Ne vous faites donc pas d'inutiles soucis, mes amis, ma chère femme sait bien qu'à travers cette absurde aventure j'ai su lui garder un cœur inaltérablement fidèle !

Il le croyait. Il le croyait presque. Et les autres, abasourdis par ce « distinguo », ne trouvèrent pas un mot à répondre.

Sa rentrée au bercail n'eut rien de banal. Très émue au penser de revoir celui dont l'absence s'était si indécemment prolongée, Mme Gounod, dans son petit boudoir mélancolique, relisait la fable des « Deux Pigeons », rêveuse... Ah ! quand elle va le voir apparaître repentant, traînant l'aile et tirant le pié.....

Du bruit, au dehors ; elle tressaille ; la porte s'ouvre toute grande, le voyageur entre, gai, rieur, ses grands yeux clairs illuminés de joie. Devant elle, qui joint ses mains tremblantes, il se campe fièrement et sa voix claironne :

— Ma chère amie, je te rapporte un torse qui n'a rien à se reprocher !

Assurément, les rigoristes peuvent trouver là quelque chose à reprendre ; ce caractère, d'une complexité déroutante, faute d'en avoir étudié les nuances d'assez près, des observateurs simplistes, souvent, ont incriminé sa bonne foi. Erreur de gens tout d'une pièce. Gounod changeait d'opinion plus vite que le commun des mortels, voilà tout.

En 1893, au Châtelet, Colonne dirigeait *La vie du Poète,* symphonie-drame résolument montmartroise de Gustave Charpentier. Installé dans une première loge, avec Guillaume Dubufe, Gounod donnait à voix haute des appréciations dont, placé aux fauteuils de balcon, juste au-dessous de lui, je ne perdais pas un mot. Au moment où, perçant les fanfares canailles du Moulin de la Galette, on entendit les cris de femme pâmée exigés par l'auteur, le maître proféra, sourcils froncés : « C'est ignoble ! » Une minute après, pas même, ravi par la courbe séduisante d'une phrase confiée aux violoncelles, il s'écria, plein de la même vigueur : « C'est splendide ! »

Manque de conviction ? Pas du tout ! Des

convictions, il en avait à revendre, des convictions qui, je le répète, se succédaient avec une rapidité essoufflante. Ecoutez plutôt.....

..... Pendant qu'un journaliste commence à l'interviewer, on annonce « Mme de Granval », dont le nom arrache à Gounod une sourde exclamation agacée. Elle entre, un peu intimidée, son rouleau de musique à la main :

— Maître, c'est ma dernière œuvre. *Ode mystique,* ce que j'ai fait de moins mauvais. Si j'osais vous la soumettre...

— Voyons ça.

Il s'assied au piano, joue le prélude de l'*Ode mystique,* chante l'*Ode mystique,* loue l'*Ode mystique.*

— C'est bien, c'est très bien, c'est même sublime...

— « Sublime ! » Est-il possible, maître ?

— Oh ! je voudrais avoir écrit ça ! Cette progression est d'un émouvant ! Voyez, j'en pleure, mon enfant...

En effet, il pleure. L'enfant (55 ans), pleure aussi. Ils s'embrassent. Extasiée, elle sort, la tête dans les nuages.

La porte à peine refermée sur la triomphatrice, Gounod, essuyant ses cils encore emperlés de larmes, dit au reporter :

— Hein, mon petit, quelle raseuse !

Ce spontané aux impressions cabriolantes devait être, pour la calculatrice Weldon, une proie facile.

... Pouah ! Cette insulaire aux joues de bifteck cru, son accent cockney aurait suffi à m'en dégoûter, car la prononciation de Mary Garden, auprès de celle-là, eût paru d'une pureté tourangelle. (1) D'ailleurs, Mar-Nielka est la seule Anglaise qui interpète le répertoire français sans accent étranger. (Réclame non payée).

Peu après la guerre de 1870, lorsque Georgina Weldon chanta l'oratorio biblique de Gounod, *Gallia,* elle faillit compromettre le succès de la Lamentation (rosalie sur batteries à douze-huit) en clamant : « Djériousélem ! Djériousélem ! Reviens vers le Saeigneur !). C'était d'un comique navrant.

Je me rappelle une autre chanteuse britannique de moindre talent mais affligée d'un accent plus saugrenu encore, la première femme du tragédien Silvain. Longtemps avant que le glorieux sociétaire du Théâtre Français songeât à épouser la belle Louise Hartmann, l'anglaise voulut bien me régaler

(1) J'aime encore mieux l'accent des norvégiens qui prononcent leur *sk* comme notre *ch*. Cette particularité m'est connue depuis le jour que j'entendis à St-Moritz un aimable jeune homme de Christiania dire à *Suzanne de Callias* :

— Demain, j'aimerais *skier* avec vous.

d'une romance sucrée, alors en vogue, cuisinée par la baronne Willy de Rothschild. O lord! Je me mordais la langue pour ne pas rire, tandis qu'elle psalmodiait:

Si vous havez rien à me daïre.
Pourquoi venaïr auprès de moâ!

Son morceau terminé, la dame me fit part de cette observation judicieuse:

« N'est-ce pas une curieuse chaose, en vérité? Quand je parle français, j'ai encore une petite accent étrangère, mais quand je chante, plous du tout ».

Excellent Silvain ! Aujourd'hui grave, grave, presque burgrave, il n'abandonne jamais son allure majestueuse ni son ton verni de majesté; sur les registres des églises, aux mariages huppés comme aux enterrements chics, il fait suivre sa signature de la mention vénérable: « Doyen du Théâtre Français ».

Et il poussa un gros soupir lorsqu'il apprit le jour des obsèques de Paul Adam, que l'irrévérencieux Dranem, en apposant son nom sur la même page, s'était permis d'ajouter: « Doyen de l'Eldorado ». Le respect s'en va...

Ils devraient bien songer à « faire la retraite » lui et cet autre vieux Silvain barytonnant qui encombre l'Opéra depuis si longtemps sous le pseudo: Delmas.

Mais, à l'époque dont je parle, un aimable bohémianisme enjolivait son existence ; il prenait des absinthes (sans sucre), dont un vieil officier de l'armée d'Afrique eût admiré le tassement; il jouait au baccarat jusqu'à ce que l'aurore — aux doigts gris — montrât son nez aux fenêtres de la salle de jeu; il recevait la visite d'huissiers « parlant à sa personne »; bref, il ne possédait pas encore la respectabilité qui, aujourd'hui, l'auréole.

Et pourtant, dans le courant de la vie quotidienne, déjà cet écervelé folâtre s'affirmait parfois tragédien, j'allais dire tragique.

Au Cercle de la Presse, la Veine, ce soir-là, refusait de favoriser l'artiste, trop aimé des femmes pour avoir beau jeu. Le hideux Albert Wolff était en banque et passait, passait, plus que ne passeront, n'en déplaise à la Marquise, Racine et le café. Rasé comme un ponton, Silvain tira de la poche où elles se cachaient ses deux dernières thunes, les jeta sur le tapis vert avec une amère désinvolture, prit la main.

— Cartes? proposa l'eunuque du *Figaro*.

— Voui.

Silence d'angoisse. On aurait entendu voler un nouveau riche (il y en a eu toujours). Au joueur infortuné, qui avait 5, le banquier envoya, sans pitié, un autre 5.

Alors, un rugissement sortit du sein de l'acteur; il empoigna d'une main frémissante ses cheveux en sueur et s'écria, très Boulevard-du-Crime:

— Malédiction! Je suis damné!

Vive sensation. Je m'enfonçais mon mouchoir dans la bouche pour ne pas pouffer; un hideux sourire voltigea sur les traits du boche Albert Wolff, et les valets de pied eux-mêmes se tordirent.

... En ce temps-là, Silvain incarnait Mathan dans *Athalie*, panne classicobiblique qu'il enlevait tambour-mathan, sans négliger pour si peu ses occupations d'oiseleur subtil et de pisciculteur consommé, non plus que ses fonctions de mécanicien sur le petit vapeur qui portait sa célébrité d'amiral d'eau douce de Mantes à Nogent.

Un de ses plus assidus commensaux, Armand Silvestre, l'a noté sans rancune: « Il n'est aucun de nous, les poètes ses amis, qu'il n'ait tenté de noyer dans la Seine ».

Si ce tragédien naufrageur s'avérait, pour les porte-lyre qui fréquentaient sa maison de campagne, un redoutable metteur en Seine, il ne me jugea digne, moi, infime prosateur, que d'une immersion dans un affluent de son fleuve favori, plongeon effectué à l'aide d'un simple bateau à rames.

Date inoubliable! C'est la veille de la première du *Prince d'Aurec* que ce moderne Carrier s'efforça de me rayer du nombre des vivants. « Je rame comme personne », assurait-il. Comme personne, effectivement. En quelques coups d'aviron, son canot avait la quille en l'air et moi la tête en bas, dans la Marne. On me repêcha; on m'affubla, pendant que mes vêtements séchaient, d'une jupe et d'un corsage appartenant à la compagne (peut-être morganatique) de Silvain, la chanteuse anglaise qui sopranisait: « Si vous havez rien à me daïre ». Encarnavalé de la sorte, je promenai mes rêveries sur le bord de la rivière qui avait failli m'engloutir...

Un chuchotement de voix étouffées mit mon songe en fuite; redescendu sur terre je m'aperçus soudain qu'une foule curieuse se pressait autour de moi, une foule d'indigènes en train de contempler avidement cette femme à barbe dont la vue ne coûtait rien. Effrayé par ce succès inattendu, je me réfugiai dans la villa de Silvain avec une hâte qui jeta ses habitants dans la jubilation. Armand Silvestre, surtout, forchonnait vigoureusement ses yeux de topaze brûlée d'où coulaient des larmes heureuses.

Pourtant, il était d'un caractère plutôt grognon, cet auteur gai! Je me le rappelle renfrogné — un trop petit nez au retroussis populacier dans une face bourrue salie par une barbe en désordre — geignard, jaloux du succès de ses confrères, et surtout blessé au vif, inguérissablement, par le renom de « rigolo » que lui assuraient, parmi les voyageurs de commerce, les gaillardises dont il emplissait le *Gil Blas*.

Gaillardises? Le mot est insuffisant. Au vrai, ces grossiers récits de « Toto Laripète », ces histoires de corps de garde prodiguées par « Lekelpudubek », finissaient par verser dans la scatologie. N'insistons pas sur ce conteur à gaz.

N'insistons pas davantage sur le goût manifesté par cet adorateur du dieu Crepitus et de la Vénus Callipyge pour les dondons ventripotentes ainsi que mégalofondamentales.

Dans sa maison d'Asnières, de quatre heures du matin à midi, sans jamais prendre un jour de repos, il entassait feuillets sur feuillets, toujours à court d'argent pour alimenter ses nombreux ménages, bien que sa basse littérature lui rapportât des sommes élevées.

A dessein de se faire pardonner par les lettrés cette prose commerciale, dont il détestait qu'on lui parlât, Armand Silvestre limait avec application des strophes d'un mysticisme malingre, « strophuleuses », si l'on peut dire, qu'il se désolait de voir bafouées par les jeunes, tous hostiles à ces bondieuseries sans conviction, religiosité en « Christocale » selon le mot de Chose... ou de Machin peut-être.

Chez Silvain, ce jour-là, je parlais à cet ex-polytechnicien (car il appartint à l'Ecole comme Sully Prud'homme, Marcel Prévost, Michel Corday, Estaunié, etc.), des préférences qu'il accordait, en ses écrits, aux grosses dames confortablement capitonnées. Je réussis à l'exaspérer. Il me cria : « Mais je place au-dessus de tout la gracilité tanagréenne ! Vous ne me croyez-pas ? La preuve, c'est que ma meilleure amie est mince comme une liane, vous la connaissez ; c'est Madame A... ».

Tout à trac, il me lâcha le nom d'une chanteuse effectivement aussi maigriotte que son autre amie, Madame Cl. L... était grassouillette. Elle était mariée (Elle l'est encore). La goujaterie de cette révélation me suffoqua.

— Hé bien, fis-je pour toute réponse, vous qui prétendez toujours que Wagner était un muffle avec les femmes !

Car, en ce temps-là, wagnérien militant, j'enrageais des incessantes attaques dirigées au nom du lyrisme toulousain par ce librettiste de Joncières et de Coquard, Dioscures de la platitude, contre le Titan de Bayreuth. Debussy ne m'avait pas encore démontré l'urgence de libérer l'Art français, l'art des Couperin et des Rameau, captif de la Muse germanique, « l'écrasante matrone » stigmatisée par Aurel.

Et puis, on ignorait les cubistes musicaux dont les cuisantes trouvailles relèguent dans le domaine du pompiérisme ce que nous regardions alors comme des hardiesses, par exemple la série d'intervalles de septième réalisée par le ténor et le soprano dans le duo de *Tristan*. Pauvre Wagner, aujourd'hui décrété « fadasse » par ces acrobates éphémères que vont bientôt remplacer de nouveaux sauteurs, car un clown chasse l'autre.

Bah ! Laissons dire. Ils restent splendides, l'Hymne tristanesque du Désir inassouvi dont l'Ouvreuse, documentée par son vieux complice Alfred Ernst, célébrait le lyrisme lyriquement : « Des tendresses palpitent, des fièvres s'allument, une confusion de douleur et de ravissement, de désirs, d'appels, d'étreintes, grandit, lente et formidable, sous les ondes toujours renouvelées de la mélodie.. »

Et les *Meistersinger!* En dépit du sâr Joséphin Péladan, contempteur de cette œuvre

« trop gaie » et de Camille Bellaigue qui, trop féru du joli pour aimer le beau, lui reprocha l'absence de rythme (!) et de tonalité (!), quel wagnérien, même converti aux doctrines modernes, resterait insensible à la rêverie de Sachs dans la nuit où flotte la senteur grisante des jasmins? Et le finale populaire... Quand j'entendis pour la première fois, jaillissant à l'apparition du poète, cette grandiose floraison vocale qui monte, s'élargit, se balance, Wach auf »... ah! Dieu! mon vieux cœur en frémit encore!

Victor Hugo prétendait admirer Shakespeare comme une brute. J'aime Wagner comme un garde républicain, oui, le garde républicain du Cirque d'Été qui, un dimanche, au promenoir, tourneboulé par le prélude de *Tristan* me confia: « Monsieur, quand j'entends ça, je me fous à rêver ».

... A Bayreuth, ce n'était pas trop de toutes ces splendeurs pour faire accepter aux pèlerins l'abomination de la camelote wagnérienne entassée dans les vitrines; Ferdinand Hérold contemplait, horrifié, des pantoufles-Parsifal où le père de Lohengrin, au point croisé, s'agenouille devant la sainte Lance; Maurice Renaud, baryton inégalé, acheta une pipe commémorative portant, sur le fourneau, un portrait du maître entre deux mentions; en haut: *Richard Wagner;* en bas: *injutable.*

Plus odieuse encore, la suffisance germanique, faite d'orgueil et d'ignorance, convaincue (malgré l'affirmation contraire nettement proclamée par le maître) que des cerveaux latins, par conséquent superficiels, ne pourront jamais comprendre la profondeur de la musique allemande. Cette morgue niaise, qui sévissait dans tout le « Reich », n'épargnait pas Wahnfried, domaine de Mme Cosima Wagner — maigre visage austère, illuminé d'intelligence, grand nez en anse... ce qu'un irrespectueux fumiste (ne me demandez pas son nom) appelait « l'anse de Bülow ».

Cocasse Wahnfried! Portier d'opérette en uniforme vert, feutre calabrais et boucles d'oreilles; quatre cents portraits du compositeur cachant les murs; scènes du « Ring » ignoblement peintes, orgue américain à tuyaux dorés d'un goût... chicagrotesque; et puis, au buffet, sardines à l'huile et fraises servies sur la même assiette!

Pour une artiste de goût comme Mlle de Ahna, qu'épousa plus tard Richard Strauss, combien de chanteuses s'affublaient de costumes invraisemblables ! Je vois encore la stupeur du sympathique Jacques Durand, le grand éditeur de musique, contemplant au deux de *Parsifal* l'opulente Materna qui arborait, pour interpréter la magicienne Kundry, une affolante toilette de soirée à la mode d'il y a 35 ans Le peintre Clairin ricanait : « Elle a oublié son éventail ! »

En juillet 1892, Bayreuth représentait *Tannhaeuser,* pour faire rougir les Français, très nombreux cette année, du crime commis par leurs pères, siffleurs de Wagner sous le Second Empire... *Delicta majorum immeritus lues...* A Wahnfried, une amie de la comtesse Gravina entreprit de me persuader que cette œuvre de jeunesse (1845) était aussi belle que *Tristan.* Je lui ris au nez. Alors, l'agaçante mélomane se rabattit sur l'exécution, prétendant que nul orchestre au monde n'en pouvait donner une aussi magistrale, aussi impeccable, aussi...

— Ce n'est pas mon avis, interrompis-je, le nez plein de moutarde. Que Grüning détonne alors que, terrassé par le repentir, il chante étendu tout de son long par terre, cela prouve seulement que la position du ténor couché n'est pas favorable à la bonne émission de la voix, mais l'orchestre, votre fameux orchestre ! Les trombones, hier, ont mugi le thème des Pèlerins si lentement que les violons, effarés, en ont saboté leur dessin descendant...

— Och ! fit-elle, c'est vrai... Mais je ne croyais pas qu'un Français cette faute remarquer pouvait !

—Sans blague ? mais dans mon pays, Madame, nous sommes tous comme ça.

Mon chauvinisme cherrait un peu.

En dépit de mes affirmations tranchantes, la France comptait un fort lot d'irréductibles (qui a dû grossir depuis la guerre). butés comme les manifestants lohengrincheux qui tapagèrent dans la rue en mai 1887 et en septembre 1891, toujours prêts, au nom d'un patriotisme fourvoyé, à dépecer le plus innocent passage du *Ring,* comme des bêtes cruelles, sans autre forme de procès.

Feu Henry Maugis a même composé, sur ces animaux pleins de rage, une fable dont, malheureusement pour la littérature française, je n'ai retenu que le titre : *Le loup et l'anneau* (du Nibelung).

Sans manifester contre la Tétralogie aucune hostilité préconçue, Mlle Amélie Bouchaut, plus connue sous le nom de Polaire, me parut toujours, en dépit de ses études musicales prolongées, au Café-Concert, réfractaire — comme une brique — à la musique de Richard Wagner.

On n'a jamais pris au sérieux le chapitre de *Claudine s'en va* dans lequel cette frémissante artiste, de passage à Bayreuth, opine que l'Œuvre d'Art de l'Avenir, pfutt, « Y a pas de quoi se taper le derrière par terre » et que, du reste, Van Dyck, le « gonze poilu » chargé du rôle de Parsifal lui a bel et bien chipé un jeu de scène. Cependant, les auteurs du roman n'ont guère exagéré... En tous cas, voici un souvenir personnel :

En 1902, l'Opéra annonçait *Siegfried,* presque inconnu en France. Comme on s'arrachait les places, Polaire me déclara que sa présence, à cette solennité artistique, s'imposait. Je l'emmenai donc dans le monument Garnier, où elle pénétrait pour la première fois de sa vie. A son entrée, toutes les jumelles convergèrent vers elle qui ne parut pas s'en apercevoir. Henri de Curzon haussa légèrement les épaules. Elle s'assit et le rideau se leva.

Un instant divertie par le rythme saccadé du chant, presque parlé, de Laffite, Mime pittoresquement cauteleux, la créatrice de *Claudine* aux Bouffes-Parisiens éprouva bientôt (comme les « quat'z'hommes accompagnés d'un caporal » de la chanson) les indéniables symptômes d'un embêtement général. Elle lutta vaillamment, mais pendant la scène de la Forge, elle me confia, d'une voix découragée :

— Vrai, Willy, ce que ça dure, cette histoire-là !

— C'est beau...

— Peut-être, mais il y en a trop ! La seule chose qui me console, c'est de penser à la téterre que doit faire le pauvre type qu'on chahute dans ce panier.

— Quel type ? Quel panier ?

— Là haut, tenez, au bout de mon doigt. Vous ne connaissez donc pas la pièce ? Reszké tire la ficelle pour le secouer. Et aïe donc !

— Mais, bon Dieu, ce que vous prenez pour un panier, c'est le soufflet de la forge !

— Pas possible ! Vous êtes sûr que c'est un soufflet ? Ben, fallait le dire... Vous m'espliquez jamais rien ; alors, je m'embête.

— Comment ? Vous vous embê...

— Pour sûr ! Je vais me faire la paire et rentrer vivement chez moi, sans quoi, je m'endormirais.

— Dormez, ça n'a aucun inconvénient.

— Pensez-vous ! Cette sale musique m'a enrhumée du cerveau, de sorte que la moindre des choses que je pioncerais, pan ! je serais fichue de ronfler. Ça vous ferait remarquer. Je me trotte. Bonsoir. Sans rancune. Embrassez Colette de ma part.

— Non, Polaire, non, je vous en prie, ne partez pas maintenant, il faudrait déranger vingt personnes, patientez encore un instant, l'acte va être fini... Tenez, écoutez l'orchestre, c'est superbe, ce passage-là. Vous ne trouvez pas?

Loyalement, remplie d'une bonne volonté touchante, elle écouta les violons qui, sous la direction de Taffanel, chantaient, chantaient... Mais, après dix secondes, secouant sa tête aux courtes boucles brunes, elle dit avec un peu de dégoût, les doigts écartés, comme une petite fille qui se serait poissée de confitures (ou d'autre chose):

— Pouah! Ça doit être plein de dièzes!

⁂

Le lendemain, comme elle souffrait encore d'un reste de wagnérite, je lui contai des anecdotes sur Silvain; j'en connaissais beaucoup.

L'histoire de la pêche dissipa son reliquat de migraine, une belle histoire, mais qu'il faut entendre narrer par le « monstre » lui-même.

Il venait de pêcher une carpe si dodue que, ravi, il s'écria:

— Y a pas, faut que je l'embrasse!

Hélas! la carpe, qui n'aimait pas ces manières-là, ferma ses lèvres pinçantes sur le nez du tragédien; tout de suite il s'indigna:

— La rosse! Elle m'a mordu! Elle a osé me mordre!... Eh bien, pour la punir, je vais la ref... à l'eau.

Et il le fit.

J'ai lu, dans un conteur de fables, qu'un autre artiste du Théâtre Français apprit (forcément par une lettre d'ami intime) que sa femme le trompait avec un camarade de la Comédie. Il manda la coupable:

— Je sais tout!

— Grâce!... Grâce!...

Elle se traîne à ses genoux. Lui, les lèvres crispées d'un amer sourire, mâche ses mots avec une lenteur dégoûtée comme de la chewing-gum sentant le moisi.

— Il faut que tu aies de singuliers goûts pour t'acoquiner avec un individu si totalement démuni de talent!

— Pardon!... Pardon!...

— Tu n'as qu'un moyen pour te faire pardonner, misérable créature...

— Je l'accepte d'avance... Dis vite...

— Ecoute... Demain, tu inviteras ton complice à déjeuner.

— Ici?

— Ici, bien entendu. Au dessert, je lui dirai devant toi qu'il est un gaillard sans aucune délicatesse et j'ajouterai que si jamais il recommence...

— Eh bien?

— Eh bien, je ne l'inviterai plus!

Quant à l'histoire de la chemise de nuit, je me déclare incapable de l'exposer d'une façon admissible. Il n'est pas donné à tout le monde de palabrer décemment à propos de ces lingeries intimes. Comme le disait Raymond Roussel:

— Non « liquette » omnibus...

Car l'auteur des *Impressions d'Afrique* et de l'*Etoile au front* est un pense-sans-rire.

⁂

A la Comédie-Française, on souffle peu dans les clés forées, constate l'auteur de *Retours à pied.* Pourtant, en janvier 1925, de violents coups de sifflet accueillirent le doyen, « ce vieillard au crâne de brique, au ventre turgescent, aux jambes molles et à la voix refoulante », comme le représente Henri Béraud en une esquisse dont je supprime quelques traits qui pourraient sembler malveillants.

CHAPITRE VII

Rosseries de *Degas*. — *Bonnat* compare les critiques d'art aux cochons. — La mauvaise foi de *M. Jacques Blanche*. — Les Manchettes de Moreas, sa métrique, sa griserie. — *Mendès*, machiavel en tous genres. — Mots acides de *Moreno*.

Ce jour-là, le bougon Degas causait avec moi, fort aimablement, (une fois n'est pas coutume) en sortant de l'atelier du peintre Mathey, son dénicheur de dessins d'Ingres, chez qui nous nous étions rencontrés. Guillaume Apollinaire nous aperçut, descendit la rue de Rome derrière nous et, dès que je fus seul, me rejoignit pour m'entretenir longuement du Maître — ce n'est pas Mathey que je veux dire — friand de détails, en vue d'un article peut-être...

Je lui répétai une anecdote que je tenais de Louis Vauxcelles, critique d'art éclairé, à qui je reproche seulement un excès d'indulgence pour cet odieux arriviste de Jacques

Blanche, peintre infecté de snobisme, littérateur ridicule et bavard fécond en commérages toxiques.

C'était à Dieppe, Degas se mit à crayonner le portrait de Walter Sickert et celui-ci, qui avait endossé son pardessus négligemment, voulut en rabaisser le col.

— Laissez, laissez, s'écria le peintre, c'est mieux ainsi.

Ludovic Halévy qui entendait ce dialogue murmura :

— Degas préfère toujours l'accident.

— Mon cher, s'écria Guillaume, épanoui, pour ce mot si intelligent, je donnerais toutes les *Petites Cardinal*... que je n'ai pas lues, d'ailleurs.

La lucide malveillance de Degas n'épargnait personne. A l'Hôtel des Ventes, voyant exposées des terres cuites de Carpeaux, il les bafoua sans miséricorde et comme j'essayais de plaider pour quelques bustes, louant avec timidité l'adresse du sculpteur : « oh ! renchérit le vieux peintre, on ne peut pas le nier, c'est dégoûtamment habile ! »

Devant un portrait de Carrière, il scandalisa Jean Dolent, féru de ces tendres pénombres, en ricanant : « On dirait des cervelles au beurre noir. »

Chacun sait combien les artificielles somptuosités de Gustave Moreau, chères aux littérateurs, le choquaient :: « Ces olympiens cossus ont vraiment trop de chaînes de montres ! »

Mais surtout son hostilité se déchaînait contre le richissime Isaac de Camondo, qui avait réuni à grands frais les plus célèbres œuvres du maître dans son hôtel — Eau et Degas à tous les étages —. Il refusait d'aller les voir chez leur nouveau propriétaire. Il affectait de s'en désintéresser. Et pourtant...

Ce Camondo m'avait prié de visiter sa galerie de tableaux, non pour connaître mon avis dont il se souciait peu, avec raison, mais pour me recommander son amie de l'Opéra, Mme Marcy, Sieglinde plutôt faiblarde. Degas l'apprit et vint m'interviewer, sans en avoir l'air.

— Comme ça, « il » vous a retenu à déjeuner ? Bon, bon... Et après le déjeuner, qu'avez-vous fait ?

— Nous avons pris du café, oh ! un café très remarquable.

Le vieux peintre me lança un regard de reproche si triste que j'eus honte de ma taquinerie. Tout de suite, je repris :

— Il m'a montré les plus belles toiles que j'aie vues de ma vie.

— Oh ! oh ! les plus belles... enfin... passons.

Bien entendu, ce monsieur a disserté sur mes œuvres, il a vanté son flair d'acheteur, il vous a expliqué ma peinture, il...

— Non. Il n'a rien dit du tout.

Surpris, satisfait, Degas resta un instant silencieux. Puis, la figure éclairée d'un sourire inhabituel :

— Rien du tout ? Mais, dites-donc, Willy, il se forme !

Devenu presque complètement aveugle, ses derniers jours furent atroces. Il errait dans Paris, inconnu des passants qui le bousculaient, lamentable Œdipe sans Antigone.

Quand je pense qu'un crétin de bochophile louangeur salarié des rapins auxquels il carotte des pochades, ose reprocher à Degas son « mépris de la Presse » ! Comme si tous les peintres, les bons et les mauvais, ne la méprisaient pas, ouvertement ou non. Une preuve entre mille :

J'ai fréquenté Uriage (l' « Arriège » de *Claudine s'en va*). Cette année-là l'agaçant M. Léonce de Joncières s'y trouvait, et aussi ce casse-cœur de Porto-Riche, très jalousé parce qu'il était trop bien vu par la jolie télégraphiste dont raffolaient tous les étrangers ; je me promenais un après-midi avec Detaille qui, leste et bien découplé, s'amusait — le rossard ! — à m'essouffler dans des sentiers de montagne, rocailleux à l'instar des poèmes de M. Jouve ,romainrollandiste de son état, et désagréables comme les productions de M. Marcel Sauvage, qui s'intitule « chirurgien des roses » »et fait des vers d'apothicaire.

Le père Bonnat nous rejoignit et, tous trois, nous redescendîmes vers l'Etablissement de bains d'où montait une infecte puanteur sulfureuse mélangée au parfum des orangers... la noce du vidangeur!

Sur nos talons, quelque chose de noir grognait obstinément, dans le crépuscule. Sans se retourner, Detaille interrogea:

— Kèkcèkça?

Alors, bonhomme et bourru, le portraitiste attitré des Présidents de la République aligna des déductions façon Sherlock Holmes.

— Une sale bête? Tenace? qui suit les peintres en ronchonnant? Ça ne peut-être qu'un critique d'art!

Je pense à cette boutade chaque fois que j'entends un peintre grisonnant fredonner la vieille chanson antibitumineuse des Beaux-Arts, sur l'air: « Dans la gendarmerie... », vous savez, *la peinture à Bonnat, c'est comme du caca!*

Avec Guillaume Apollinaire, nous reparlâmes de Blanche, et je lui contai un trait significatif du monsieur dont la fausseté peu de temps auparavant, avait écœuré tous les amis de Vincent d'Indy, dont il osait se proclamer dans les salons plus ou moins artistiques l'indéfectible partisan.

Nombreux, nous avions pris le train pour applaudir la première de *Fervaal* à la Monnaie. Pendant tout le trajet, de la gare du Nord parisienne à la gare du Midi bruxelloise, Jacques Blanche, une énorme partition ouverte sur ses genoux, ne cessa de montrer à ses voisins de wagon, soulignés d'un crayon malveillant, les passages qu'il prétendait chipés à Wagner. Le doux et rêveur Ernest Chausson, le pénétrant et fin Pierre de Bréville, le sensitif Louis de Serres, il embêtait tout le monde, sauf Mme Colette qui dormait du sommeil de l'innocence, comme on dit, aussi profondément que devaient dormir, trente ans après, les lecteurs assez imprudents pour avaler quelques fragments opiacès de la simili-autobiographie romanesque laborieusement fabriquée par Jacques Blanche Touchatout esthétique.

Bien entendu, après la représentation, il s'empressa d'offrir à d'Indy d'une voix émue, l'hommage de son admiration sans réserve! Alfred Bruneau et André Corneau, tous deux anti-d'Indystes mais loyaux, ne purent s'empêcher de hausser les épaules en entendant les louanges sifflées par cette vipère doucereuse. Quant au sincère Gustave Samazeuilh, à peine au sortir de l'enfance, il en fumait d'indignation.

Guillaume Apollinaire s'amusait de toutes ces histoires et riait avec entraînement.

Quand je le rencontrais aux mercredis du *Mercure de France*, regorgeant de littérateurs, mais où j'allais surtout pour voir Rachilde et l'entendre — toujours originale, mordante et bonne avec ça — Guillaume Apollinaire montrait une avidité de gosse quêtant des confidences, à califourchon sur un genou d'ancêtre.

— Dites, Willy, vous devez être riche en souvenirs sur les *dii minores* de l'École symboliste?

— Certes! J'ai plus de souvenirs que si j'avais... la capitale de la Lombardie.

— Fumiste! Pourquoi ne pas les écrire?

— Parce que ça m'ennuierait.

Aussi bien, Ernest Raynaud, le commissaire de police-poète, a dit ce qu'il fallait dire, comme il fallait le dire, dans sa *Mêlée symboliste*, où il a silhouetté (je cite ses propres paroles) « quelques-unes des figures qu'on coudoyait chez Charles Cros, le jeudi soir: Ajalbert, Alphonse Allais, d'Esparbès,

Haraucourt, Marsolleau, Willy, etc., extraordinaire mélange de talents disparates... », ce qui incitait l'historiographe à d'intéressantes réflexions sur « la bigarrure des esprits et la diversité d'un âge caméléon » C'était le temps où Georges Lecomte, caporal d'infanterie et symboliste, faisait siffler sa *Cravache*.

Certains jeunes trouvent ce fouillis « grotesque ». Mais le *superréalisme* actuel, jugé par Lamandé « caricatural », l'est-il moins?

Pour divertir Apollinaire, j'évoquais la mémoire d'un quarteron de poètes disparus, auxquels on reconnaissait jadis un flamboyant génie et dont quelques-uns avaient sans doute du talent.

Nombre d'entre eux ont fait, dans l'océan de l'oubli, un plongeon définitif. Qui connaît encore la littérature de l'instituteur Icres, dit Crésy? (ou Crésy, *dit* Icres, mes souvenirs s'embrument). A force de bassiner Antoine, ce sous-Léon Cladel avait réussi à lui faire jouer un acte sanglant: de fanatiques bouchers se massacraient à coups de couteau, dans un décor où, sur des tables en vrai marbre, s'étalaient des escalopes en vrai veau, mais aussi avancées que les opinions de l'*Humanité* et dont la puanteur rendait malades les spectateurs assis trop près de la scène, qui sifflaient en se bouchant le nez.

Dégoûté du théâtre par cette expérience malodorante, le Pyrénéen aux cheveux en révolte déclamait avec un accent qui semblait rouler des pierres dans un gave, des strrrophes ou vibrrrait de la tendresse :

Les danses nous ont assez
Enlacés
Dans leur tourbillon folâtre,
Mignonne, voici le tour
De l'amour.
Et, tu sais, je t'idolâ-â-tre.

Sous ces rythmes empruntés à la Pléïade, Marie Kryzinska (polonaise aux lèvres de négresse blonde qui prétendait avoir inventé le vers libre dont le père est en réalité Gustave Kahn), plaquait des accords minables.

Mince, blond, atténué, Charles Vignier murmurait des vers frêles :

Puisque nous aimons le reflet des choses
Et les souvenirs demeurent en nous,
Comme le parfum funéraire et doux
Qui hante l'urne où sont mortes les roses...

Il parlait avec courtoisie, non sans affectation, mais devenait extrêmement grossier la plume à la main. Dans la *Renaissance,* il conseillait avec insistance à M. Paul Bourget (qui ne faisait pas encore, il est vrai, partie de l'Académie) une bonne tisane « empêchant de péter en dormant ».

Un beau matin, à propos d'un vague écho relatant une altercation au cours de laquelle M. Félicien Champsaur avait reçu, ou donné, des gifles, Vignier tua d'un coup d'épée le bon gros Robert Caze. Tout le monde en fut surpris.

Les revues littéraires s'entre-dévoraient depuis les *Ecrits pour l'Art*, bafouant le symbolisme traîné par Edouard Dujardin « dans une ornière de décrépitude et de niaiserie métaphysique », jusqu'à la *Revue Indépendante* où les rancunes naturalistes dénonçaient le néant cérébral (*sic*) de Charles Morice et des « jongleurs abêtis... inventés par l'insidieux thuriféraire Anatole France ».

A me voir souffler sur ces charbons presque éteints pour en tirer de fugitives étincelles, Guillaume Apollinaire pétillait de joie.

— Un tel, Willy, vous l'avez connu? Et Chose aussi? Et Machin? Et So and So? Veinard! Et Catulle Mendès dans sa jeunesse? Parlez-moi de lui, grand frère, parlez-moi de lui... Est-ce vrai qu'il fit tout pour entraver la réussite du *Pèlerin passionné,* dont Ernest-Charles vitupère le lyrisme « poussif » ?

... L'altier Papadiamantopoulo, dit Moréas, Ernest Raynaud le peint « toujours ganté de blanc, lustré, frisé sanglé, la boutonnière fleurie, orné de cravates multicolores et de plastrons rigides... ». Je l'ai vu moins coruscant, beaucoup moins, la chemise isabelle, les ongles endeuillés. N'est-ce pas ,Eugène Marsant, dont les tours de phrases eussent ravi Toulet: « Vous avez pu le voir au Napolitain, qui avait une jaquette fatiguée avec un tube roussi, et pour étirer sa moustache, comme il se plaisait à faire par un geste démodé et charmant, il montrait sans embarras des manchettes, et rondes, qui n'étaient pas du matin même... ».

Il lâchait volontiers des axiômes que son gras accent levantin bonifiait encore: « Jè suis un Baudèlaire avec plus de couleur ».

Aujourd'hui, les écrivains d'Action française exaltent ce grec dont l'iconoclaste Renée Dunan attaque « l'effarante banalité ». Jadis, même désaccord parmi les critiques.

Sur son compte, les opinions divergeaient bizarrement : alors que Barrès voyait dans Moréas (première manière) « un sauvage assemblant ses colliers de guerre » et Huysmans une « poule de Valachie picotant des verroteries multicolores », Charles Maurras le saluait comme un des vainqueurs des grands barbares blancs, restés anonymes chez Verlaine, mais qu'il baptisait lui: « Rosetti, Swinburne, Shelley, Ibsen, Tolstoï, etc. ». Et Camille Mauclair haussait les épaules devant les vers (?) de vingt pieds commis par Moréas qui se vantait d'allonger l'octosyllabe primitif « jusqu'où la nécessité musicale en décidera... ». O subjectivisme périlleux! O arbitraire!

A propos de métrique, un souvenir, vous permettez?

Quelques jours avant de blesser en duel Rodolphe Darzens, Moréas me lut un de ses poèmes, en alexandrins réguliers, dont j'ai oublié le sujet et le titre. Il lisait admirablement. Je le complimentai comme il sied. Ensuite:

— Pourquoi donc as-tu glissé, parmi ces alexandrins, un vers d'onze pieds?

— Un hendécasyllabe? Tu es fou?

— Pas fou du tout! Tu as écrit: « Oiseaux fabuleux, oiseaux bleus, oiseaux roses... » Compte sur tes doigts.

Il devint vert (c'était sa façon de pâlir), réfléchit longuement, le front plissé; puis, rasséréné, il clama son vers revu et augmenté: « Oiseaux miraculeux, oiseaux bleus, oiseaux roses ».

Il avait repris sa superbe coutumière et tortillait sa moustache noire.

$$(2\,Az^{O3}Ag + K^2S = 2\,Az^{O3}K + Ag^2S)$$

l'air plus que jamais avantageux, « matamoréas » comme nous disions au Quartier Latin.

« Garçon, un second bock ! » On parla d'autre chose. Il ne fut plus question de métrique jusqu'au moment du départ, où le poète me recommanda d'un air détaché : « Ne raconte pas ça... *Ils* sont si bêtes !... ».

. . . .

Peu avant la guerre, j'envoyai à Guillaume Apollinaire quelques anecdotes de ces temps héroïques, rédigées à la hâte ; en retour, il esquissa de moi, dans les *Marges* un croquis flatteur et flatté : « ... Talent spirituel, nourri de bonnes lettres... Il confectionne à souhait les acrostiches satiriques et défend l'hellénisme comme un florentin... ». Une politesse en vaut une autre.

Voici quelques-uns de mes feuillets qu'il dut égarer, je suppose :

Catulle Mendès, gros mangeur, était cependant fin bec. Même, il lui arrivait de cuisiner en personne, comme Alexandre Dumas père, mais sans atteindre à la maîtrise de Gunsbourg-le-Monégasque dont certains macaronis s'avèrent dignes de figurer sur la Table des Olympiens : « Jupiter, s'il était malade, reprendrait l'appétit en tâtant d'un tel mets ».

Volontiers, il mêlait à l'élaboration de ses chefs-d'œuvre culinaires un peu de fantaisie romantique, le vieil éthéromane inoubliablement dressé parmi les *Fantômes et Vivants* de Léon Daudet; c'est ainsi qu'un soir il convia quelques amis à déguster un plat de cèpes à la provençale préparés par ses soins et dans lequel il entrait, Dieu me pardonne, plus d'ail que de champignons!

Il y avait là le très érudit Gustave Kahn au masque mongol; le verveux Courteline pour la moindre fantaisie duquel je donnerais tous les in-folios des « penseurs » professionnels; Lucien Descaves, parigot réfléchi, perspicace et buté. Qui encore ? Paul Arène, un petit homme de Sisteron, qui avait un joli talent en Provençal et un exécrable caractère en français... Mendès exultait: les deux coudes sur la table, les cheveux en désordre, sa barbe blondie toute brillante de graisse reposant sur une lavallière de surah crème, tachée de bourgogne, il pérorait, la bouche pleine, sur la poésie, la cuisine et l'amour.

(Or, cela se passait en des temps très anciens, Daniel Wilson, député d'Indre-et-Loire, ayant vendu trop de décorations, son beau-père, le Jurassien Grévy, avait dû, souffleté par l'indignation populaire, quitter l'Elysée bien malgré lui. Dans la rue, on entendait brailler les camelots vengeurs : Ah ! quel malheur d'avoir un gendre !...)

Cette année-là, inquiété par la gloire naissante de Moréas, Catulle Mendès décida, non sans peine, l'*Echo de Paris* à s'assurer la collaboration du « bel Hellène » qui, dans ses manifestes, déclarait la langue française en décadence depuis le XVIe siècle. Astucieusement, il glissa dans l'oreille du débutant : « Ne faites aucune concession à la plèbe lisante, affirmez vos principes. » L'autre ne demandait qu'à les affirmer. Il s'appliqua doctement à faire revivre les « grâces et mignardises » du XVe siècle en trois contes que « sigilla le los de ses plus affinés disciples », mais dont l'archaïsme rébarbatif affola les lecteurs habitués aux Zévacochonneries des feuilletons populaires. L'*Echo* se hâta de congédier ce collaborateur dangereux. Le tour était joué.

La principale amie de Mendès était alors Lucy Gérard, blondinette frêle, en l'honneur de laquelle il fignolait des madrigaux d'un tarabiscotage érotique, nuance cuisse de nymphomane émue. Il la désignait par des périphrases dont la préciosité de Far-West rappelait à la fois Gustave Aimard et Mlle de Scudéry : l'idiome d'un Peau-Rouge suivant le sentier de la guerre dans le Pays du Tendre.

Et les reporters de l'*Echo de Paris* écarquillaient des yeux larges comme des pièces de cinq francs (en argent) lorsqu'ils entendaient le Maître dire à l'Aimée, tout en corrigeant ses épreuves : « Mignonne-oiselle-si-légère-que-vous-vous-posez sur-une-branche-de-rosier-sans-la-faire-ployer, donnez-moi une plume neuve, la mienne crache ».

Or, Mendès soupçonnait Lucy aux yeux purs de regarder avec trop d'intérêt la cambrure héroïque de Moréas et les moustaches de plus en plus noires que ce palikare effilait avec une crânerie très « indépendance hellénique ». Après avoir évincé le littérateur, il fallait débusquer l'amoureux. Bon.

Un soir, à la brasserie Pousset, l'auteur de *Syrtes* qui avait déjà bu comme une sablière chez Mendès et que son hôte, insidieusement, poussait aux plus dangereuses vantardises, s'affirma « ingrisable », appuyant ce dire d'ivrogne d'admirables histoires de beuverie que Lucy écoutait, palpitante d'extase. Il était déjà saoul de son éloquence, quand Mendès sussurra d'une voix douce : « Dans la jolie petite ville d'Heidelberg, nous autres, étudiants en théologie (?!?) nous préparions les soirs de *Commers*, une boisson diabolique : cognac, stout et absinthe. Nul n'y résistait et je me demande si vous-même... »

Douter de la capacité de Moréas ? Blasphème ! Déjà, le Grec appelait à grands cris le garçon qui remplit de l'infâme mixture une vaste chope. Moréas l'avala d'un trait. Il eut tort.

Livide, il dut restituer et le flot sans honneur de ce trop noir mélange et son dîner. Ce spectacle sans poésie lui enleva tout prestige aux yeux de Lucy qui, cependant qu'on fourrait dans un sapin le buveur effondré, murmurait au machiavélique Mendès d'un petit air dégoûté :

— Vraiment, Catulle, je ne comprends pas que tu me fasses fréquenter de semblables pochards !

Il y avait, contre Mendès, dans la gent littéraire, beaucoup de haines. M. Fuss-Amoré le déteste encore aujourd'hui. Chez le « bibliopole » Vanier, j'entendis souvent Verlaine, affolé par des rancunes qu'avivait l'alcool, vociférer d'abominables injures contre « Crapule Mendax ».

Chez Hérédia, J.-H. Rosny (qui éprouve pour la Science une passion *poétique,* mais non malheureuse, bien que Marcel Boll — *Mercure,* nov. 1924 — prétende que, sur ce terrain, il n'a jamais écrit « une ligne qui se tienne »), Rosny — qui n'a jamais laissé sa raison au fond des pots — se formalisa, certain samedi, des quolibets dont Mendès criblait son exposé du système de Gall et déclara, phrénologue offensé : « Catulle a un crâne de singe ; d'ailleurs il a singé tous les poètes de génie. » Le maître sonnettiste des *Trophées* protesta, mais Catulle affecta de rire très haut. Fit-il pas mieux que de se plaindre ?

Au reste, le trop souple virtuose ne niait pas son manque de personnalité ; mais il l'attribuait à sa race. Devant moi, il dit un soir à Gustave Kahn qui l'écoutait en mâchoillant un grêle cigare noir :

— Nous autres sémites, nous sommes de merveilleux assimilateurs, mais il ne faut rien nous demander d'original.

— Par exemple !

— C'est l'évidence même. Citez-moi un juif, un seul, qui ait créé quelque chose.

— Et Spinoza ? jeta le poète des *Palais nomades.*

(On aurait pu discuter *l'Ethique,* invoquer l'influence cartésienne ; j'aurais voulu jouer Descartes sur table. Mais Mendès redoutant l'érudition de Kahn, préféra s'en tirer par une pirouette).

— Ah ! Ah ! s'écria-t-il avec son rire bizarre, comme renâclé, ah ! ah ! Spinoza ! J'ai toujours pensé que la mère de cet opticien avait eu des faiblesses pour quelque polisson de chrétien...

....

Je pourrais mettre au jour d'amusants détails qui égaieraient les ennemis de Mendès; je ne le fais pas, d'abord parce qu'il adorait son beau petit Primice (la *Prière sur l'Enfant mort,* de la mère douloureuse, restera) ensuite parce qu'il pratiquait le pardon des injures. Un jour que je lui disais mon regret de l'avoir, au temps de ma jeunesse, harcelé de sottes agressions, il m'arrêta:

— Ne vous excusez pas, mon cher Willy. Il est nécessaire que l'irrespect des jeunes générations se dresse contre leurs prédécesseurs, exception faite, bien entendu, de Victor-Hugo qui est impeccable, intangible, etc. (*couplet sur Hugo-Dieu*).

— Merci, maître. D'ailleurs, j'espère bien que vous n'avez jamais lu ces niaiseries...

— Détrompez-vous! Je peux même vous citer une de vos comiques boutades.

— Non, non, je n'y tiens pas!

— Mais si. C'était très drôle et très juste, ma foi, car en ce temps-là je ne sais quel donjuanisme m'incitait à me vanter immodérément de mes succès féminins, à la vérité nombreux. Et je me souviens que dans un article amusant... si, si, mon cher Willy, il était fort amusant... vous compariez le talent des écrivains en vogue à diverses boissons. Armand Silvestre était assimilé, par votre verve caricaturale, au « vespétro » et Léon Cladel, dont vous blaguiez la chevelure hantée, au « piquepoux ».

— C'était d'un goût exécrable.

— Laissez-moi finir : Coppée vous rappelait « le p'tit bleu de Suresnes ». Quant à moi. vous m'appeliez, j'en ris encore; Ah! ah!..... Vous m'appeliez « le vain du rein ».

. . . .

Evidemment, Mendès eut toujours cette faiblesse de raconter les conquêtes qu'il prétendit remporter toute sa vie, même après avoir dépassé depuis longtemps l'âge où « il portait fièrement la honte d'être beau ». Il avait composé une ballade au refrain vantard : « Quand j'ai fini je recommence ». Malheureusement pour lui, plusieurs amies s'appliquaient à détruire malignement cette trop flatteuse légende ; leur rosserie déclarait les amours du poète et sa littérature également inconsistantes.

Il y a une trentaine d'années, même davantage... voyons, je venais de me marier, c'est bien ça... j'habitais alors rue Jacob, 28, une morne maison sur laquelle on n'attend que mon décès pour apposer une plaque de marbre. Donc, en 1893, une étudiante russe en visite chez moi interrogea Marguerite Moreno, qui bavardait dans un coin avec ma femme, sur ce sujet délicat:

— Dites, chère amie, est-ce que vraiment ce poète Catulle Mendès est un amant extraordinaire?

— Lui? répondit l'actrice au nez pointu, c'est un charmant causeur.

Tout en truffant de rosseries calembouriques une chronique parisienne pendant que ces dames jacassaient, je les entendais malgré moi et je ne pus m'empêcher de rire.

Moreno s'en aperçut et, l'étudiante russe à peine partie, me combla des plus réjouissantes précisions sur celui qu'elle surnommait familièrement « Tulle de Caca ».

— Mon vieux Willy, tu penses bien que, devant cette vierge des steppes impollués je ne pouvais entrer dans ces détails...

— Je suis sûr qu'il y a de quoi faire rougir le papier de tournesol.

— Que tu dis! Ecoute, chauve discret ; pour qui je n'ai rien de caché: Mendès, toute la nuit, il me lit ses vers... et le matin, il me rate.

CHAPITRE VIII

Un pastiche de *Rostand*. — *Jean Richepin* vilipendé par *Bouchor*. — *Mme Purnode*, chanteuse aphone. — *Camille Pelletan*, acrobate occasionnel, rate son tour.

Une revue organise des concours de pastiches. Ça vaut mieux que d'aller au café. De tout temps, en France, on a prisé ce jeu. Albert Sorel, « sévère historien dans la tombe endormi » (les historiens finissent tous ainsi, quel que soit leur degré de sévérité), réussissait le Victor Hugo à merveille. Juliette Drouet — la « Juju » au grand « Toto » — s'y serait trompée.

Le « parfait plagiaire » Georges Armand Masson, successeur de Pellerin, l'admirable « copiste indiscret », fabrique des simili dignes des « A la manière de... », ces chefs-d'œuvre de mes amis Reboux et Muller. Richepin a été pastiché, avec infiniment d'adresse, par quelqu'un dont je ne révèlerai pas le nom, parce que je l'ai oublié.

Il existe une violente apostrophe à Guillaume II où bouillonnent des alexandrins de ce goût :

Oui, crève comme un chien sur le bord d'une ornière !
Crève ainsi qu'un crapaud dans le fond d'un fossé !
Que la race des loups s'en retourne en poussière....
Etc., etc.....

Cette pièce convulsive signée « Jean Richepin, de l'Académie Française », imprimée sur des cartons format post-card, fut répandue en Suisse à profusion pendant les premiers mois de la guerre.

Collaborateur à cette époque de la *Suisse génevoise,* dirigée par le charmant francophile Martinet (1), je m'inscrivis en faux contre cette assertion. Richepin m'envoya, à ce sujet, des lignes amusées.

« *Ah non, parbleu, ces vers indignés ne sont pas de moi, cher Willy! Vous l'aviez subodoré très justement... Donc, démentez. Je l'ai déjà fait à l'*Intransigeant *et aux* Annales. *Mais en vain; et cette espèce de « Christ au Vatican » (toutes révérences gardées) reste, pour beaucoup, mon chef-d'œuvre. Qu'y*

(1) En 1924, la *Suisse* étant devenue la propriété d'un monsieur Cramer qui a marié sa fille à un officier allemand, les rédacteurs français Delévraz, Louis Schneider et moi furent sacqués vivement.

puis-je? Il m'a valu, du moins, la joie de votre souvenir, etc... »

Ni mes articles, ni sa lettre ne purent extirper cette croyance des cerveaux helvétiques et, comme le prévoyait ce psychologue, il se trouve envore des gens, convaincus sinon lettrés, pour dire autour d'une « fondue » arrosée d'un joli « fendant » :

— Diable de Richepin! Jamais il ne veut faire mieux!

Non seulement cette légende n'afflige pas le bénéficiaire du prix Osiris (100.000 francs, ma chère), mais elle l'égaye.

... Lorsque Rostand mourut, c'est Richepin, alors Directeur de l'Académie, qui devait, conformément au règlement, déclarer digne d'entrer « in illo docto corpore » le gendelettre choisi pour remplacer l'auteur de *Cyrano* et de Maurice...

L'immortel défunt était poète de son état, peut-être s'en souvient-on encore; Richepin exerce la même profession. C'est pourquoi l'Académie voulait, à ce que prétendirent quelques reporters facétieux, enjoindre au porte-lyre accueilli dans son vénérable sein, d'édifier l'éloge de Rostand non en vile prose, mais dans la langue des Dieux, qui est aussi celle de M. Jean Rameau. (Credat judæus Apella...).

Jadis, la presse parisienne discuta passionnément une action de grâces académique, précisément signée « Rostand », écrite en alexandrins réguliers. J'ai mes raisons pour me rappeler les détails de cette histoire.

Dans la *Nouvelle Revue,* grave recueil fondé par Mme Adam (Juliette Lamber), un certain Henry Gauthier-Villars, auteur de travaux peu lus sur le *Mariage de Louis XV* et autres bobards historiques, publia d'importants fragments du discours de réception « primitivement esquissé en vers » affirmait-il, « par Rostand ». En cette page inachevée, le brillant marseillais évoquait ses souvenirs de la Provence, de la Méditerranée...

J'en conviens, vous avez réalisé le rêve
Que j'ai concu là-bas, tout enfant, sur la grève
De Provence, où le rythme immortel de la mer
Apporte, avec l'odeur du goémon amer,
L'arôme des lauriers et des myrtes d'Athènes.
Là j'entendis se réveiller des voix lointaines
De joueuses de flûte et d'aèdes pensifs.
Souvent, tandis que l'eau brisait sur les récifs
Eclaboussant mon front de sel vif et d'iode
J'ai reconnu les chants d'Eschyle et d'Hésiode;
D'autres fois, le mistral faisant rire un galet,
J'ai supposé qu'Aristophane me parlait...

Tous les journaux reproduisirent cette trouvaille; deux ou trois seulement soulevèrent des objections. Parmi les rostandistes qui l'accueillirent avec plus de ferveur que de sens critique, l'excellent Jules Claretie se distingua par son exaltation. Dans un article de tête du *Figaro* (29 mai 1903), il écrivit, charmé de ce petit morceau qu'il comparait à des pétales de roses jetés au vent :

« ... Chez ce Français de pure race, il y a de l'Athénien par la grâce et le charme, de l'Aristophane par l'ironie et le caprice. Il y a aussi du rêveur de légendes », etc.

Il y avait, à l'en croire, bien d'autres choses encore, Claretie les énuméra toutes. Mais, le lendemain, il reçut de Gauthier-Villars une lettre qui doucha ses enthousiasmes et dans laquelle le facétieux pasticheur s'avouait, sans remords, l'auteur de la pièce imprudemment admirée.

Edmond Rostand s'amusa beaucoup de cette supercherie. Claretie, moins. Quant à Richepin, il faillit crever de rire, le cher « Richop » méchamment caricaturé par le fils de son ami d'enfance, Bouchor, dans l'*Ironie sentimentale,* où les jolies notations abondent, et les gaffes (1).

En ce bouquin mal fichu mais non sans ta-

(1) Voici la plus grosse: « A cinquante ans, trop de jeunesse chez une femme vous arrête ». Cher confrère adolescent, croyez-en quelqu'un qui connaît les quinquagénaires mieux que vous, ce n'est pas l'excès de jeunesse qui les arrête, c'est l'article 354 du Code Pénal et l'article 355 mêmement.

lent, Jean, fils de Maurice, traite Richepin de « retentissant imbécile », toujours prêt à « faire un rétablissement sur la barre-fixe de la réclame » etc. Bref, il cherche de son mieux à le ridiculiser.

Il perd son temps. Celui qu'il attaque sans succès possède le « gri-gri » sauveur... mais non, au lieu de parler nègre, déformons, à son intention, la strophe de Malherbe que Moréas scandait souvent, au Vachette, de sa voix rauque et puissante:

> Apollon, à portes ouvertes,
> Laisse Jean Richepin cueillir
> Les belles feuilles toujours vertes
> Qui gardent les gens de mourir.....

... de mourir sous les coups du ridicule lequel en France, tue à dire d'expert.

Cet académicien est invulnérable. Il a pu bondir sur une scène de théâtre, ceint d'un yatagan, enturbanné de pierreries, des anneaux d'or aux oreilles et, dans cet accoutrement d'une couleur locale indoubitable, jeter les alexandrins de son *Nana-Sahib*, personne n'a trouvé ce poète ridicule.

Je l'ai vu, arpentant à grandes enjambées la galerie supérieure du Kursaal d'Ostende et, de là, cambré dans une redingote qui ne réussissait pas à l'embourgeoiser, laisser tomber sur un auditoire de baigneurs, où dominait le Boche, des paradoxes enflammés, d'illusoires plans de conquêtes orientales dont il prêtait à Napoléon Ier l'aventureuse folie ; il n'était pas ridicule.

Il n'est pas ridicule non plus, Saint-Sébastien des *Annales politiques et littéraires,* transpercé par les regards de trois cents fillettes, hypnotisées dès qu'il leur barytonne à pleine gorge les vieilles chansons de France.

Critique dramatique en province, il eut l'imprudence d'écrire d'une dame qui chantait mal : « Elle chante mal ». Furibonde, elle l'attendit à la porte du théâtre et le gifla. Le lendemain, il était souriant et publiait dans son journal un cartel désopilant : « Madame, je vous demande une réparation par les... charmes : nous irons sur le terrain, nus jusqu'à la ceinture ; les corps à corps ne seront pas interdits, non plus que l'usage de la main gauche, etc., etc. » Et la virago fut amplement ridicule.

De tout temps, le sexe fort — c'est les dames que je veux dire — s'est regimbé contre la critique, âprement ; que l'on se souvienne de Louise Collet (née Revoil) se précipitant sur Alphonse Karr, le couteau à la main..... Récemment, Madeleine Carlier, rayonnante d'orgueil, répétait : « J'osai frapper José Frappa ».

A moi-même, chétif, il advint d'encourir les fureurs d'une artiste du Théâtre de Genève, la dame Purnode, si ma mémoire est fidèle, manquant de talent à un tel point que les bravos salariés de ses « romains » ne pouvaient faire illusion à personne. Après une navrante représentation de *Thaïs,* obsédé par cette bouche de poisson pâmé, d'où ne sortaient que d'insaisissables sons, je la traitai, dans mon compte-rendu, de « carpe éolienne ».

Furieuse, elle s'embusqua dans un couloir obscur et, lorsque je passai sans méfiance à sa portée, d'un revers de main vindicatif elle fit voler mon monocle en l'air, au risque de m'éborgner.

— Décidément, opinai-je, en ramassant le cristal orbiculaire, elle ne peut rien faire sans le secours de la claque.

Et Montégut, du *Petit Parisien,* qui passait par Genève en revenant d'Allemagne, ajouta, avec ce coquin d'accent provençal que j'aime tant : « Hé bé, fiston, toi qui la prétendais laide, elle t'a tout de même tapé dans l'œil ! »

Si nous revenions à l'ami Richepin qui possède un torse d'écuyer et le mépris du cant dira t'on. Avant Jean Bouchor, des malingres ont voulu ridiculiser son amour des exercices physiques ; ils ont échoué. C'est merveille de le voir exécuter les tours de force que lui enseignèrent des bohémiens au cours de ses vagabondages juvéniles. Prodigieux de souplesse, il prouve également l'agilité de sa dialectique en informant les philistins tentés de mépriser ses acrobaties que, toutes, elles nous viennent de l'Antiquité. Il écrase les objections sous un vase étrusque exposé au Louvre ; il éclaire son raisonnement à l'aide d'une fresque de Pompéï ; il ferme la bouche de son interlocuteur avec un texte irréfutable d'Aulu-Gelle.

Dans les bureaux de *Comœdia,* devant Jules Renard au sourire pincé, à dessein de convaincre mon incompétence que les Anciens connaissaient déjà le foot-ball, Richepin me récita deux pages de Galien décrivant avec une stupéfiante exactitude anticipée les péripéties d'une mêlée, j'allais écrire d'un « scrummage ». Et, pour m'achever, il lança de sa voix métallique l'amusante protestation geignarde d'un joueur de « Harpastum » dont une bagarre vient d'endommager le cou :

Oimoi, kakodaimôn, ton trachélon ôs échô!

— Vous vous rappelez bien, vieux Willy, ce vers d'Antiphane ?

— Heu, heu, vaguement...

Un de ses amis, comme lui ancien élève de l'Ecole Normale, mais tombé dans la politique, Camille Pelletan, imitait ses prouesses gymniques d'assez loin, à l'époque où, ministre, il abreuvait d'avanies les grands chefs de la marine, en dépit des petites affiches manuscrites placardées dans les couloirs du ministère par des mains anonymes : « Soyez bon pour les... amiraux ».

Beaucoup moins entraîné que le Touranien, le désorganisateur de la flotte française était néanmoins parvenu, grâce à sa persévérance et à la patience de Richepin, à « faire le crapaud », ce qui consiste, comme chacun sait, à passer les deux jambes en arrière, par dessus les épaules, puis à les croiser en ramenant les pieds sous le menton.

Certain soir qu'il s'ennuyait chez lui, Camille Pelletan s'avisa de se déshabiller complètement, pour faire le crapaud tout seul, sans son professeur. Il y réussit trop bien! Malgré d'énergiques efforts, il ne parvint plus à décrocher ses pieds, noués comme une cravate, pour les ramener à leur position normale. Angoissé, l'acrobate occasionnel appela au secours. Sa bonne accourut, regarda, les yeux exorbités, ce phénomème et s'enfuit en poussant des clameurs d'épouvante. On dut mander un médecin pour remettre en place, non sans peine, les jambes du « crapaud » qui, pendant cette opération, sacrait à grand fracas (les imprécations de Camille!).

Honteux et confus de cette mésaventure, prophétisée par le spirituel Mérinos dans une nouvelle savoureuse, Pelletan jura qu'on ne le reprendrait plus à risquer de telles fantaisies, dangereuses dès qu'on a un peu de ventre.

CHAPITRE IX

L'académicien *Frédéric Masson* demande qu'on me fusille. — Le compositeur *Roze* chez *Jean Lahor*. — Les dîners de *Judith Gautier*, wagnérienne. — Un frère de *Victor Hugo* à Charenton. — *Liszt* chez *Mme Erard*.

Pendant la guerre, pour avoir confessé que je restais partisan « inchangé » de la musique wagnérienne, j'ai reçu plusieurs lettres où l'on me disait, entre autres douceurs « Si vous aimez Wagner, c'est que vous êtes un sale boche ». Puissamment raisonné! Alors, si j'aime le thé, je suis un sale Chinois?

En 1914, l'académicien Frédéric Masson, — on eût dit le colonel Ramollot assez gris pour s'être trompé d'uniforme — réclama patriotiquement, dans l'*Écho de Paris,* le peloton d'exécution pour tous les wagnériens en général et pour moi en particulier.

J'aurais pardonné cette opinion à l'extravagant collectionneur de bretelles napoléoniennes dont Camille Mauclair — étrange! étrange! — a célébré un jour la courtoisie (?) si, dans le même article, il n'avait eu le culot de déclarer le rondouillard *Noël* d'Adam supérieur à... *Parsifal*! Ces fétides propos me montèrent au nez et malgré les objurgations d'Henry Simon, son directeur et mon ami, pour qui l'habit vert est « Tabou », j'accrochai au derrière de ce vieux schnock des invectives de choix dont il eut l'imprudence de se montrer marri. Lors, je récidivai, dansant de joie, car le mot de Gavarni reste vrai: « Les marris me font toujours rire ».

En dépit des épitres comminatoires et des articles baveux je continuai de vénérer le titan de Bayreuth dont (en certaines occasions) la musique, aujourd'hui encore « me prend comme une mer ». Et Debussy lui-même n'a pu me guérir complètement de ce qu'il tenait pour une maladie mortelle. Certes, un charme invincible émane des tendresses dont Pelléas enveloppe Mélisande aux longs cheveux; je le subis, mais il n'efface pas les amours anciennes. Et la volupté aiguë des accords de neuvième dont s'enivrent dangereusement ces enfants aux perversités presque innocentes ne peut abolir, en mon cœur fidèle, le souvenir du cor de Siegfried jetant, à travers le mouvant rempart des flammes magiques l'allègre défi de sa fanfare.

Ce Wagner, m'objectaient des lecteurs assidus, mais ballots, ce Wagner, vous oubliez donc qu'il est Allemand? Pas le moins du monde. S'il avait pu naître à Paris et l'aigre Saint-Saëns à Leipzig, ça me ravirait. Malheureusement on ne m'a pas consulté...

D'ailleurs je ne pousse pas l'amour du « Tondichter » jusqu'à chérir ses « épigones », pour parler comme les Allemands qui se rappellent leurs études grecques; il y a, dans nombre de villes germaniques, des chefs d'orchestre et des compositeurs hypowagnériens qui rééditent les formules du maître jusqu'à plus soif; confections niaisement adroites, auxquelles je préfère n'importe quelle inspiration personnelle de Massenet, voire de Puccini.

Sur ce point, André Cœuroy me donne raison et quand j'ai l'assentiment d'André Cœuroy, je me fiche du reste.

Hélas! Que j'en ai vu mourir des jeunes drilles, intoxiqués par ce vénéneux génie! L'un d'eux était le compositeur anglais Roze, fils de la chanteuse Mary Roze dont la carrière fut brillante. Musicien fort instruit (*rara avis*) il manquait totalement de rosserie (*rarissima avis*) mais aussi d'invention. A Londres, quelques années avant la guerre, cet homme aimable tint à me jouer le premier acte de sa *Jeanne d'Arc,* opéra désolant et désolé où tous les personnages pleuraient à l'envi; rien que dans le prologue, on répandait assez de larmes pour éteindre le bûcher de Rouen qui échauffa le talent poétique de MM. Péguy, François Porché, Schiller, etc.

Bien entendu, il voulut connaître mon avis sur sa production. Après quelques circonlocutions courtoises, poussé à bout par son insistance, je finis par lui dire:

— A quoi bon faire chanter à la Pucelle d'Orléans des mélodies de Gounod sur des harmonies de *Tristan?*

Il réfléchit un instant. Puis, avec une bonhomie désarmante, il me demanda:

— I say, Willy, est-ce que vous aimeriez préférablement mieux des mélodies de *Tristan* sur des harmonies de Gounod?

Ce brave Roze, pour rendre service à un ami qui projetait d'écrire « une grosse volume » sur Bizet, récoltait avec soin toutes les anecdotes relatives à son musicien favori, surtout les fausses. Je l'entends encore, dans le square frais et verdoyant de Kensington Garden, me conter, avec une candide émotion, qu'avant d'entrer au Conservatoire le futur auteur de *Carmen* fut examiné par Meifred: tournant le dos au piano l'enfant nomma sans une seule erreur tous les accords frappés par le professeur qui avait soin de les choisir dans les tonalités les plus éloignées...

— Et finalement, concluait l'excellent Roze, professeur Meifred admiratif disait : « Bravo, my boy, vous entrerez un jour dans la Institut ».

Je n'eus pas le courage de détromper mon interlocuteur en lui apprenant que cette manière de dictée musicale est de pratique courante dans les classes de solfège, sans parler de l'enseignement raffiné donné par les Jaques-Dalcroze et les Jean d'Udine, dont les élèves réalisent, en se jouant, de véritables tours de force, je rappellerai qu'au cours de ses réceptions hebdomadaires, le docteur Cazalis soumettait sa fille à cette bénigne épreuve, chaque fois qu'un visiteur entrait dans le salon de la rue Herran. Il en entrait beaucoup.

(Dans d'autres salons, j'ai vu d'autres enfants des deux sexes, accomplir les mêmes menues prouesses. Si l'Institut devait récompenser de si minces exploits, on devrait agrandir considérablement la bâtisse antique et solennelle qui fait l'ornement du quai Malaquais).

Le précité docteur aimait la musique depuis que Saint-Saëns lui avait emprunté une pincée de pentamètres pour servir d'argument à sa *Danse macabre,* poème symphonique avec xylophone obligé, suggérant le bruit des squelettes entrechoqués : « Zig, et zig, et zag, la Mort en cadence ».

Il aimait également la poésie (je ne sais s'il aimait la médecine). Sans être aussi crevants que ceux de Léon Dierx... les seuls dont Mendès ne craignait pas de célébrer les discutables splendeurs, certain que nul ne pourrait les lire jusqu'au bout, les vers de Cazalis, signés « Jean Lahor », s'avéraient d'une beauté plutôt soporifique. Il fallait néanmoins feindre de les admirer, sous peine d'encourir les gronderies d'un vieil ami de la maison, qui lavait la tête des frigides trop lents à s'extasier.

Lahor ni son grondeur ne nous rendaient heureux.

Le jour que je l'amenai chez Cazalis, Raymond Roze ne manqua pas de flétrir, dos à la cheminée, l'ineptie du public parisien assez balourd pour n'avoir point compris, en 1872, la musique de l'*Arlésienne.* Il riait, croyant à une fumisterie, quand je lui disais que la faute incombait au compositeur.

Rien de plus vrai, cependant ! Une partition de scène trop réussie ne s'accommode pas de la demi-perception des auditeurs partagés entre la compréhension du dialogue et l'appréciation du décor musical: il faudrait des cerveaux fortement organisés pour opérer la dissociation nécessaire à l'intelligence du double texte, puis la synthèse permettant de goûter l'accord de ces éléments d'émotion.

— Roze, mon vieux Roze, répétais-je, soyez indulgent aux auditeurs simplistes du Vaudeville, pas fichus de recevoir simultanément dans l'oreille droite les « préciosités » (comme disait Reyer) de la prose d'Alphonse Daudet et, dans l'oreille gauche, les fines trouvailles harmoniques de Bizet. Contempler le Nord de l'œil gauche et le Sud de l'œil droit, ça s'appelle loucher; la première exécution de l'*Arlésienne* n'aurait pu réussir que devant des gaillards atteints de strabisme auditif.

— Willy, old chap, vous êtes un phénoménal type, répondait Roze, imperturbable.

Et il continuait à fumer sa pipe courte, bourrée d'un « navy-cut » qui sentait le pain d'épice.

Souvent, il me demandait de le « tuyauter » sur Liszt, auquel il comptait, vaguement, que son ami consacrerait une volume « encore plus grosse » que celle de Bizet.

... Liszt, je l'ai vu trois ou quatre fois, pas

davantage, mais Judith Gautier m'a souvent, très souvent, donné sur lui des détails qu'elle seule connaissait, détails si curieux que je n'ose les reproduire tous— par pudeur.

Bonne Judith, que de confidences elle laissait ruisseler dans son petit appartement de la rue Washington, trop encombré de bibelots pour que la domestique osât le balayer à fond!

Elle vivait là — au n° 39, je crois — en compagnie d'un hollandais amorphe, voix de chapon, barbe teintée d'acajou, le gros compositeur (?) Benedictus dont on n'entendait jamais une note de musique. Personne ne s'en plaignait.

Chaque dimanche, autour de la table copieusement servie (mortadelle, loukoum, olives noires, ananas, pickles, anchois, sucreries variées), se serraient des dîneurs invités au hasard, je pense, ou qui s'invitaient eux-mêmes, peintres hongrois, boulevardiers anonymes, membres de l'Ambassade de Chine, certains assez décoratifs, d'autres remarquables par leurs décorations plutôt que par leur décorum, nombreux, en tous cas, à indigner Despréaux dont le sybaritisme exigeait que l'on fût à l'aise « assis en un festin ». Parfois, Judith quêtait des renseignements:

— Dites donc, Willy, ce petit gros assis

entre Paul Hillemacher et le comte François de Chevilly, qui est-ce donc ?

— C'est la première fois que je vois sa bobine. Si vous interrogiez Benedictus ?

— Mais c'est lui qui me l'envoie demander par la bonne ! Autrement je ne vous en parlerais pas. Ça m'est tellement égal !

Effectivement, tout lui était égal à cette femme de l'Islam, aux beaux yeux noirs inexpressifs, indifférente, indolente, noyée dans le gras fondu...

Sa beauté, dont elle ne s'était jamais occupée beaucoup, les Anciens n'en parlaient qu'avec extase ; sans relâche ils me récitaient le sonnet de Victor Hugo « Judith, nos deux destins sont tout près l'un de l'autre » si fréquemment que j'avais fini par le prendre en grippe.

La mort et la beauté sont deux choses profondes
Qui contiennent tant d'ombre et d'azur, qu'on dirait
Deux sœurs, également terribles et fécondes,
Ayant la même énigme et le même secret.

Le dernier vers de ce premier quatrain, dirait-on pas de l'Henri de Régnier ?

Sur un mode plus badin c'est également à Judith Gautier que s'adressait « le Père » déplorant qu'elle eût refusé son invitation à dîner, pendant le siège de Paris (Noël 1870).

Si vous étiez venue, ô Beauté que j'admire,
Nous aurions fait ensemble un repas sans rival,
J'aurais tué Pégase et je l'aurais fait cuire
Pour que vous dégustiez une aile de cheval.

D'ailleurs, l'hippophagie inspirait particulièrement Olympio s'il faut en juger d'après ce distique anxieux :

Mon dîner me travaille et même me harcèle
J'ai mangé du cheval et je songe... à la selle.

Mais, de toutes ces poésies de circonstance, c'est à peine si l'indifférente Judith se souvenait.

De son talent même — très réel — elle ne se souciait pas plus que du reste, écrivant sans effort des pages de belle tenue qui ne devaient rien aux leçons paternelles, car Théophile Gautier, elle me l'a répété souvent, lui avait donné, en tout et pour tout, ce conseil littéraire : « Ne commence pas deux alinéas de suite par le même mot, c'est laid à l'œil ».

Frantz Jourdain l'accusait de ne pas avoir « la moindre personnalité » ; c'était peut-être vrai, après tout.

A table, somnolente, son chat sur les genoux elle délaissait ses invités, toute à ses trois animaux favoris : une tortue mélancolique, un lézard aux digestions fantaisistes et

M. de Clermont Ganneau, membre de l'Institut, celui que voulait tuer Mme Myriam Harry (orientale vindicative qui salit ses anciens amoureux en bouquins lourdement autobiographiques), pour le punir d'avoir démasqué l'imposture du papa, plus érudit qu'honnête, dont elle était fière, un vieux juif enclin à vendre, en les affirmant très authentiques, des tiares et des manuscrits très chers, mais très faux, fabriqués par lui très habilement.

Ses hôtes enfin partis, Judith Gautier ouvrait son « coffre à trésors » et me montrait des lettres de Richard Wagner, restées inédites, qu'elle aurait pu vendre au poids du radium..... « Chère Judith, je me rappelle cette répétition de *Rheingold* pendant laquelle j'ai gardé ta petite main dans les miennes tout le temps... »

— Vraiment, Judith, tout le temps?

— Dame, puisqu'il l'a dit, ce devait être vrai.

D'une autre lettre, écrite pendant la composition de *Parsifal,* « Père né après son fils » j'ai retenu ceci: « Oui, oui, Parsifal va bien, mais ma robe de chambre en brocard d'or ne va pas du tout... » Suivaient d'innombrables détails vestimentaires.

Judith énumérait les antipathies de Wagner : « Il avait horreur de Villiers de l'Isle Adam, entre autres, il affectait de le croire enragé, il grimpait aux arbres pour échapper à ses morsures, bouffonnerie dont le pauvre Villiers s'attristait...

— Est-il vrai qu'il détestait solidement Mendès ?

— Ah ! celui-là, n'en disons rien !

Judith gardait une aversion inguérissable — elle, si bonne — pour ce Catulle qu'elle avait épousé, passant outre à l'intervention paternelle.

Que n'ai-je retenu tout ce qu'elle m'a conté sur Liszt, pianiste hongrois ceinturé d'un sabre, polygame adulé, pêcheur repentant entré dans les ordres, Liszt, dont l'étourdissante virtuosité masqua si longtemps un talent auquel, depuis peu (grâce à Ravel, Câlvocoressi et aux jeunes de ce groupe intelligent) on reconnaît d'ingénieuses recherches et d'étonnantes trouvailles.

Malgré son culte pour Wagner, elle ne pouvait s'empêcher de reconnaître qu'il en usait cavalièrement avec l'auteur de la *Faust Symphonie*.

— Papa, gouaillait-il, ces verrues que tu as sur la figure c'est laid !... Tes femmes aimaient ça, autrefois ?

Litz souriait, sans répondre.

Un jour, on attendait, pour se mettre à table, le maître en train de composer. Un quart d'heure se passa. Une demi-heure. Cosima Wagner se dépensait en anecdotes, en considérations esthétiques, pour remplacer le gigot qui, sûrement, se racornissait à la cuisine.

Brusquement, Wagner entre, les yeux flamboyants, le visage empourpré, encore tout plein du dieu :

— Papa, je viens de te chiper un motif pour mon Wotan, la, fa, ré, si, ré, ré, mi, fa (5 bémols, of course, ou deux dièzes).

— Je te remercie, Richard. Au moins c'est un thème de moi qui sera sûr de passer à la postérité.

Cela fut dit si spontanément, avec un élan si convaincu, que Wagner, ému soudain, se jeta dans les bras de Liszt. Jolie scène touchante que les Allemands gâtèrent en l'applaudissant à grand fracas, comme au théâtre. Ah ! peuple geschmacklos !

De sa voix monotone, Judith rappelait aussi qu'appelé à l'asile de Charenton, dans l'espoir que sa musique réussirait à clamer certains sujets dangereusement agités, Liszt s'assit au piano, plaqua un accord... Des sonorités affreuses s'échappèrent... Un dément avait méchamment désaccordé l'instrument préparé pour l'illustre visiteur. En un instant, cette cacophonie surexcita jusqu'au délire la foule des aliénés qui se mirent à hurler de joie en dansant autour du virtuose interdit: « Liszt est fou! Liszt est fou! »

Un de ceux qui gesticulaient et vociféraient était le frère aîné de Victor Hugo « Eugène, vicomte H... » écrivait le poète, qui tenait à lui donner ce titre auquel il n'avait aucun droit — non plus qu'au blason des Hugo de Lorraine, également annexé par ce démocrate ami du panache, descendant, en réalité, de Joseph Hugo, menuisier à Nancy.

..... La dernière fois que je vis Liszt, ce fut à la Muette, où Mme Erard donnait en son honneur une grandissime soirée musicale, artistique, mondaine, d'ailleurs encombrée de politiciens qui n'avaient rien à y faire, depuis Jules Simon (gestes bénisseurs, mais sourire madré), jusqu'au duc de Broglie, arborant cet air désagréable que les reportages du *Gaulois* qualifient « distinction aristocratique ».

On regardait beaucoup un vieux monsieur à figure ravagée, criblé de décorations au point qu'il ne pouvait remuer sans que l'on entendit sur sa poitrine un petit cliquetis d'ordres brinquebaillants. Vu cette orgie de crachats étrangers, chacun le croyait un diplomate sud-américain. Le chroniqueur Scholl, les yeux pochés, les bajoues tombantes, regarda, à travers son monocle narquois, l'excessive noirceur du système pileux de l'inconnu qui, vexé, lui dit d'un air rosse :

— Vous ne rajeunissez pas, mon bon ami Aurélien.

— Que voulez-vous, gouailla le vieux Bordelais, nous noircissons, mon pauvre Vitu, nous noircissons.

Atteint douloureusement par ce coup de boutoir, le critique dramatique du *Figaro,* pour se donner une contenance, effila d'un geste dégagé, mais imprudent, ses moustaches d'ébène qui, aussitôt, mâchurèrent son gant blanc de façon irrémédiable : il y eut des sourires. Le chauve Lamoureux, ravi, cessa de lancer des coups d'œil rageurs à son rival, le chevelu Colonne (prénommé Juda, non Edouard). Et Forain, qui portait toute sa barbe en ce temps-là, mâchonna : « Musée de Teinture », ce qui fit rire aux larmes mon copain et collabo — mais oui ! — Gabriel Pierné, blondin, l'air d'un baby.

Pour l'achever, je lui répétai le mot tout frais de Chabrier, sur le compositeur de *Mignon,* qui, enfoui dans un fauteuil, considérait l'assistance en grimaçant comme s'il avait voulu mordre tout le monde :

— Il y a la bonne musique, il y a la mauvaise musique, et puis il y a la musique d'Ambroise Thomas.

Immédiatement, la définition se mit à courir, comme le furet du Bois-Joli (exquise musique de Bréville) parmi les croque-notes présents qui, tous, s'en délectèrent, depuis cet inoffensif nègre blanc de Francis Thomé, jusqu'au long et solennel Benjamin Godard dont l'immense front romantique semblait sculpté par David d'Angers, mélodiste prolixe, pas méchant homme, mais crevant d'orgueil... Aujourd'hui Reynaldo Hahn cherche à nous convaincre que le sirupeux confectionneur de la Berceuse de *Jocelyn* regorgeait de génie. Ce toqué sympathique d'Eugène d'Harcourt, déjà, s'y était essayé, sans succès.

Angoissé, je me demandais si tous ces marchands de sons allaient fonctionner ; mais, Dieu merci, trois seulement opérèrent. Ambroise Thomas, Gounod, Liszt, prirent place tour à tour devant le piano à queue (ce n'était pas un Pleyel). J'éprouvai une triple déception.

L'auteur de *Mignon* accompagna sec, dur, froid, l'inévitable « Elle ne croyait pas... », ténorisé par Talazac avec une telle vigueur que son cou s'enflait comme celui d'un boa avalant des lapins.

Gounod lui succéda sur le tabouret tournant. Théâtral, la tête en arrière, la barbe en avant, les yeux au plafond, il attaqua la ritournelle de « Le soir ramène le silence... » avec un élargissement emphatique, un abus odieux de la pédale, une exagération de sonorité vraiment indécente.

Tous ces défauts, Emile Ollivier, debout dans un coin, les signalait à ses voisins, frétillant d'une verve juvénile qui, chez ce sexagénaire, étonnait; je le vois encore, nez busqué, menton fort et tête de romain, il ne tarissait pas:

— Quel cabotinage! Ses poses extatiques, il les répète devant son armoire à glace. Vous allez voir, au contraire, la noble simplicité de Liszt, si éloigné de ce répugnant battage mystique...

Et, tant que le chantre de *Faust* se fit entendre, l'ancien commissaire de la République de 48 devenu ministre de Napoléon III le déchiqueta — d'un cœur léger.

Enfin, Liszt s'avança, large et mince bouche en fente de tirelire dans une face osseuse, glabre, qu'encadraient, pareils à des planchettes de bois, deux paquets de cheveux plats obstinément rigides. Le comte de Franqueville, grand maître des cérémonies, annonça : « Le maître, mesdames et messieurs, va improviser une csarda ».

D'abord ses longs doigts décharnés errèrent sur les touches comme au hasard, hésitants, on eût dit découragés. Peu à peu, cependant, un thème se précisa, une plainte en sol mineur, relevée d'une altération plutôt prévue de la sensible. Et puis, de grands accords, s'envolèrent. Et puis des arpèges coururent sur le clavier, beaucoup d'arpèges, des bottes d'arpèges. Et puis ce fut tout.

Emile Ollivier, pantelant d'enthousiasme, les yeux fulgurants derrière ses verres de lunettes larges comme des soucoupes, donna le signal des applaudissements qui éclatèrent, si violents, si prolongés, que les pendeloques du lustre s'entrechoquaient.

Puis, désireux d'aérer son exaltation, il sortit brusquement dans le Parc de la Muette qu'il arpenta, silencieux, à longues enjambées, oubliant pour quelques minutes le mot malheureux qui avait écrasé définitivement sa fortune politique, le mot qui.... n'oublions pas la chimie littéraire de Bergson... le mot qui semblable à la particule solide tombant dans une solution sursaturée, cristallisa ce que vingt ans d'Empire avaient soulevé de haines et de colères. (Je m'excuse de citer de mémoire).

Tout remué par cette soirée musicale, je réintégrai sagement la maison paternelle pour me coucher dans mon lit virginal, mais, les nerfs en émoi, il me fut impossible de fermer l'œil.

Bah! comme le disait Fauchois après avoir subi l'*Autre Nuit* du fâcheux Arnyvelde:

— Une mauvaise nuit est bien vite passée.

CHAPITRE X

Raoul Gunsbourg. — Son portrait par *Jules Lemaître.* — Il me réconcilie avec *Massenet.*

Peu d'hommes ont soulevé autant de discussions, suscité autant de colères, et aucun, cependant, ne traversa la vie au milieu d'un plus brillant cortège d'inaltérables dévouements. Son existence est une perpétuelle légende à laquelle chaque jour ajoute un paragraphe, chaque mois un chapitre, chaque année un volume. On le déteste ou on l'aime, et souvent on éprouve à son sujet les deux sentiments à la fois. Telles des boutades dont fourmille sa conversation pittoresque semblent falotes tout d'abord, qui, à la réflexion, apparaissent pleines d'un profond bon sens. frappées au coin d'une observation sagace et précise...

Ces 15 lignes, ne les trouvez-vous pas d'un style plus ferme que le reste de mon volume?

Cela tient probablement à ce qu'elles sont de Jules Lemaître, auteur d'une étude « saisissante » consacrée à Gunsbourg « l'insaisissable », que j'ai retrouvée chez un fruitier de la Condamine, où elle enveloppait une poignée de gousses d'ail.

Ce sauvé des aulx est le souverain artistique d'une principauté enclose dans les Alpes-Maritimes, plus célèbre qu'étendue, car elle mesure tout juste un kilomètre carré et demi de superficie et compte 22.956 habitants et demi (le demi, c'est un cul-de-jatte).

Dans une ville qu'en bonne justice on devrait nommer « Monte Gunsbourgo », ce diable d'homme, comme l'appelait le bon gros Francisque Sarcey éberlué, ce diable d'homme déploie une activité qui déconcerte: levé à 7 heures du matin (horreur!) il fait répéter jusqu'à midi chanteurs et instrumentistes de tout sexe et de tout pays: français, italiens, russes, anglais, patagons, il répand sur tous une averse d'indications tumultueusement polyglottes, car ce Roumain parisianisé parle toutes les langues connues, y compris le monégasque.

Midi sonne. Gunsbourg oublie de déjeûner, s'engouffre en coup de vent dans l'atelier des décorateurs, chambarde leurs travaux, étouffe les protestations sous une avalanche de bons mots, réclame des projecteurs supplémentaires, rend fous deux ou trois électriciens, s'enferme pour composer une scène de son opéra en train (en train express), dicte douze lettres, lance vingt-quatre télégrammes, surveille minutieusement la représentation du soir, invite à souper, dans la grande salle de l'Hôtel de Paris, quarante personnes qu'il gave de détails succulents sur la cour de Russie et de caviar, également russe, également succulent. Enfin, il se couche, à 4 heures du matin. Et le lendemain, il recommence. Quand je le vois s'agiter de la sorte, sans s'accorder une minute de repos, je sue à grosses gouttes.

Les médisants prétendent qu'il trouve encore le temps de se mettre en frais de coquetterie pour certaines artistes (pas les plus laides, bien sûr); lorsque cet infatigable faisait répéter *Ivan le Terrible,* ils chuchotaient, avec des clins d'œil renseignés que, dans son cabinet directorial... bref, ils l'appelaient « Divan-le-Terrible », ce qui divertissait prodigieusement l'intéressé, car il possède une bonne humeur inoxydable.

Grâce à elle, il est toujours sorti sans encombre des discussions embrouillées, inextricables pour tout autre que lui, réellement impossibles à éviter quand des susceptibilités d'artiste et des vanités d'interprètes sont en jeu.

Je me souviens d'une jolie « fille du Rhin » dont le grasseyement parisien me mettait en joie quand elle chantait « Albeuric » ; elle se plaignait amèrement d'être étouffée par la ceinture dans laquelle la bouclaient les machinistes pour la balancer autour du roc où scintille l'or inviolé (fanfare en *ut* majeur).

— Ça n'a rien à faire, m'sieur Gunsbourg, j'en ai marre, ce machin me serre si tellement que j'ai les flancs tout bleus.

— Hé bien, quoi, ma petite? Les flancs bleus sur la côte d'Azur, tu es dans la note.

Désarmée, la parigotte déclara: « Ce rigolo-là, il est vraiment à la coule ». Elle disait vrai.

Il est assez « à la coule » pour rire des ingratitudes que sa bonté suscite, pour ne pas s'indigner quand un *m'as-tu-lu*, gorgé de ses bienfaits, parcourt les cafés en répétant aux joueurs de jacquet incrédules : « Rien d'étonnant à ce que les pièces de Gunsbourg réussissent, c'est moi qui les écris... »

Sa charité sait trouver des truc ingénieux. Saint Vincent de Paul vaudevilliste ! L'an dernier, au cours d'une conversation avec un antique gendelettres parisien, plus riche de souvenirs que de pécune, il lui dit, sur les terrasses de Monte-Carlo :

— Le surnom « Tanagra-double » date de 30 ans. Votre ami Willy en affubla, dans l'*Echo de Paris,* Sybil Sanderson qui venait de créer la *Thaïs* de Saint-Saëns.

— Vous voulez dire « de Massenet », cher maître !

— Du tout, c'est bien de Saint-Saëns. Protestez tant que vous voudrez, je suis sûr de ce que je dis.

— Mais...

— Je vous parie vingt-cinq louis contre cent sous que l'œuvre est de lui.

— Tenu !

Le vieux journaleux retrouve ses jambes de vingt ans pour courir à la Biliothèque, consulter la partition de *Thaïs* sur laquelle s'étale, bien entendu, le nom de Massenet et la rapporte triomphalement à Gunsbourg, qui se mord les lèvres pour ne pas pouffer.

Le pari immédiatement réglé, l'heureux gagnant s'en va, lesté d'un billet de cinq cents francs, conter à tout venant son aubaine, et il ajoute : « Tout de même, j'aurais cru le Patron plus au courant que ça de la musique contemporaine... »

Je tiens l'anecdote de Massenet qui la narrait souvent, agité, ressemblant à la caricature tracée par Léon Daudet qui lui en veut toujours d'avoir piteusement emmusiqué *Sapho* « la mine au vent, l'air inquiet, les cheveux plats rejetés en arrière, les mains dans les poches de son veston, mâchonnant toujours quelque chose qui finissait en compliment excessif... »

Une dame qui avait le visage triangulaire et semblait, en 1900, au dire de la portraitiste Gabrielle Réval, « une adolescente plutôt qu'une jeune femme » (1) bien qu'elle fût mariée depuis sept ans, a écrit de moi, pour blâmer ma mélomanie : « Il aime la musique comme une femme ».

Cette phrase est exacte, à condition de regarder « une femme » non comme un nominatif, mais comme un accusatif. Justement parce que je l'aimais, je bataillais — *in illo tempore* — contre l'engouement dont bénéficiait le truqueur de *Thaïs,* j'enrageais de voir César Franck s'user à donner des leçons de piano, tandis que la moindre mélodie de Massenet, éditée chez Heugel, lui rapportait autant de revenus qu'une ferme en Beauce. Et j'avais toujours réussi, quoique fréquentant plusieurs salons où l'on fêtait ce producteur trop heureux, à ne pas lui être présenté. Un soir cependant...

La rencontre eut lieu au Palais de Monaco

où le Prince Albert avait invité la presse parisienne, à l'occasion de *Don Quichotte* que ce grand diable de Chaliapine venait de créer superbement, admiré de toutes les actrices présentes, depuis la haute et belle Paule Andral, jusqu'à la minuscule et affriolante brunette (1) qui scandalisa l'Hôtel de Paris en se crêpant le chignon avec sa cousine pour la possession d'un garçon d'ascenseur, *struggle for lift.*

Je ne me défiais de rien. Avec la soudaineté d'un cataclysme, Gunsbourg me précipita dans les bras de Massenet qui s'écria, avec un enthousiasme admirablement joué :

— Enfin ! depuis le temps que je désirais vous connaître ! Quelqu'un qui va être encore plus heureux que moi, c'est Lucy Arbell.

J'aurais préféré ne pas la voir, car, en bonne justice, cette Dulcinée caverneuse ne pouvait m'être très reconnaissante d'avoir écrit dans l'*Écho de Paris:* « On dirait qu'elle chante dans un verre de lampe ». Mais le moyen de résister ! Le compositeur et Gunsbourg me charrièrent vers le canapé où cha-

(1) Elle a, aujourd'hui, deux filles mariées, dont les corrects époux n'apprendraient pas sans embêtement les frasques de leur belle-mère. Qu'elle compte sur ma discrétion. Paix à ses gendres!

cun portait à la triomphatrice sa gerbe d'éloges; Massenet s'écria, non sans emphase:

— Chère amie, je vous présente le critique musical le plus érudit, le plus impartial, le plus...

Il y eut un froid. Plusieurs anges passèrent. Lucy Arbell me regardait profondément. Enfin elle me tendit la main, disant avec une simplicité assez touchante:

— Monsieur, vos articles m'ont fait quelquefois pleurer.

— Pleurer? (intervint Massenet, gesticulant). Pleurer! Ces larmes, mon cher Willy, sont un juste hommage rendu à votre prose toujours émouvante...

Devant cette prestesse rusée, l'actrice haussa légèrement les épaules et ne put s'empêcher de rire. J'en fis autant. Et Gunsbourg, avec un clin d'œil gamin à mon adresse, s'esclaffa plus fort que nous deux.

La réception terminée je m'en fus, tout seul avec mes pensées, regarder sur la Méditerranée aux brisures sans nombre les coulées d'argent que versait la lune. Raoul vint me rejoindre et me dit en riant:

— Il y avait longtemps que je voulais vous réunir, vous et Massenet. Vous êtes tellement faits l'un pour l'autre!

Je ne trouvai rien à répondre et je remontai, tout pensif à travers ces jardins de féerie où la luciole étincelle, où le rossignol s'égosille, paysages irréels, faits, dirait-on, pour illustrer l'Evangile de l'Enfance du Sauveur dont je pense que l'amusant latin mignard doit agacer Paul Cazin, père de Décadi et fervent de la Vulgate: *Jesus per sylvam ibat oblectatus cicendularum luce atque lusciniolarum cantu...*

CHAPITRE XI

La Revue bleue.— Le fantaisiste *Jacques du Tillet*, le caustique *Vandérem*, le bon *Jules Lemaître* et le perfide *Anatole France*. — *Lotte* et ses amis.

En ce temps-là (1890), la *Revue Politique et Littéraire*, accordait volontiers l'hospitalité aux débutants. Son directeur, le doux Henri Ferrari, un peu braque, rêveur, très accueillant aux jeunes, m'insérait des Nouvelles percheronnes, dont le mérite ne dut jamais troubler le sommeil du peintre attitré de la Normandie, Guy de Maupassant. Vandérem se réservait le Midi. Il publia le récit délicieusement ironique d'une randonnée conduite à travers la Provence par Mariéton, félibre lyonnais auquel ses concurrents trouvaient du talent sur lou rasoir; il esquissait les pittoresques Arlésiennes attablées devant l'or des bouillabaisses: « le coup d'*ail* était inoubliable ». Jacques du Tillet ne quittait pas Paris.

Où est-il, à présent? Ses romans ont disparu; récits narquois, d'une mondanité sans snobisme (comme ceux de MM. de Comminges et François de Bondy) on ne les voit plus aux étalages et seul, Léon Treich qui, semblable à Kundry, sait beaucoup de choses et ne ment jamais, pourrait dire ce qu'ils sont devenus.

Sans avoir jamais suivis les cours de simplicité du fantaisiste qui enseigne à forfait l'art d'écrire... « Albalat! Albalat! Albalat! Morne plaine!... » il savait également se garer de l'écholalie romantique dont l'odieux La Jeunesse n'a pas emporté, malheureusement, le secret dans sa tombe.

Critique dramatique de la plus régalante impertinence, il jugeait les productions du théâtre contemporain selon un critérium immuable dont la simplicité m'enchantait.

Si les pièces ressemblaient à celles de Meilhac et Halévy, du Tillet stigmatisait ces éhontés pastiches.

Si les pièces ne ressemblaient pas à celles de Meilhac et Halévy, du Tillet les trouvait exécrables et ne l'envoyait pas dire à leurs auteurs.

L'imprimeur Chamerot (1) mettait à notre disposition, comme bureau de rédaction, une salle nue et triste, où nous étions très gais. Un jour, entrant là, je vis se lever un petit monsieur maigriot, voûté, figure irrégulière et expressive; délaissant les épreuves qu'il corrigeait, il darda sur moi des yeux où scintillait de la malice derrière un lorgnon mal assujetti, puis, fourrageant sa barbe blondasse plantée à la diable, il déclama, d'une voix douce, singulièrement prenante, ce quatrain que je venais de publier dans le *Journal Amusant:*

La mine est là, béante; un champ qui la domine
Glisse et s'abîme avec fracas.

MORALE

Garde-toi, tant que tu vivras,
De jucher les champs sur la mine.

— Aussi vrai que je me nomme Jules Lemaître, ajouta-t-il, depuis que j'ai lu cette fable, j'ai compris la vérité d'un alexandrin qui, jusqu'alors, m'avait semblé entaché de quelque exagération: « L'apologue est un don qui vient des Immortels ».

— Cher maître, répliquai-je, puisque je lui

(1) Un galant homme, mais qui ne m'aimait guère, parce qu'il avait épousé une fille de Mme Pauline Viardot et les rancunes de la mère, dont j'avais apprécié les tardives exhibitions artistiques avec peu d'enthousiasme.

dois le plaisir de faire votre connaissance, je dirai, avec l'ampleur du robespierrot Floquet: « Vive l'apologue, Monsieur! »

Et nous nous serrâmes les mains, componctueusement.

Quel être délicieux! Les intransigeants de la littérature avancée l'exécraient. Huysmans, qui ne lui pardonnait pas les railleries érudites déchiquetant *A rebours,* grommelait: « C'est un normalien de la plus dangereuse espèce, celle qui a l'air de comprendre quelque chose ». Eugène Morel, pourtant le meilleur fils du monde, le surnommait grincheusement: « Jules Petit Maître ». Un troisième lettré, Félicien Champsaur, lui lançait des injures de fort calibre. Je ne l'en gobais que davantage.

Parmi les gens de lettres arrivés, en butte aux sollicitations des arrivistes, les uns — l'immense majorité — se renferment dans ce que l'on est convenu d'appeler « leur tour d'ivoire », traduisez: dans une commode indifférence qui respire l'égoïsme.... et le fromage de Hollande.

D'autres embrassent leurs jeunes rivaux, mais pour les étouffer. C'est la façon du « Président de la République littéraire des Pingouins », comme André Rouveyre (portraitiste désavoué par Mme Catulle Mendès) baptise le venimeusement douceâtre Anatole France. Ce stratège machiavélique aux instincts bas, dont Gide regrettait, il y a quinze ans, que certains imprudents voulussent faire « un écrivain considérable » a toujours aimé X.. contre Y..; il feignit d'admirer Verlaine, son « Choulette », dans le seul dessein de démolir François Coppée, très malade, très courageux, très dignement revenu à la foi de sa jeunesse « Anus Dei », sifflaient les voyous. Et lorsque avec la connivence de sa protectrice, Mme de Caillavet, née Lippmann, il exalta Moréas (qu'il méprisait), ce fut pour rendre fou de rage Leconte de Lisle (qu'il haïssait).

Jules Lemaître, lui, recevait les visiteurs à cœur ouvert, la bourse ouverte, dispensant avec la même bonté familière des conseils à Pierre, de l'argent à Paul, sans compter jamais sur de la reconnaissance. Il n'avait pas attendu cette fripouille vocifératrice de Léon Bloy pour savoir ce que c'est qu'un « mendiant ingrat ».

Quand on est vraiment bon, note Trébla, on ne se refait pas, on se laisse... refaire.

Un tapeur, trop connu dans les salles de rédaction, trouva ceci pour l'attendrir:

— Cher Maître, je vous demande aujourd'hui une somme plus forte que d'habitude;

c'est de cent francs que j'aurais besoin, parce que... je vais me marier.

— Voici cinq louis, pour acheter un bouquet de fleurs d'oranger.

Parfait.

L'uomo deliquente se retire, tout heureux et tout aise d'avoir « eu » le « cavé ». (Il faudra que je demande à Francis Carco, spécialiste, si ces expressions de jadis s'entendent encore).

Pendant qu'il redescend, Jules Lemaître laisse tomber, du haut de l'escalier, ce paternel avis :

— Dites donc, cher confrère, maintenant que vous avez l'argent, ne vous croyez pas obligé de vous marier pour ça...

Débutant de lettres qui me lis, des vieux que nous servions connais la différence : l'avaricieux Anatole, le jour qu'il avança trente francs à l'auteur du *Livre de Monelle*, en fit confidence, sans retard, à son Egérie « la bonne Sous-France », bien sûr qu'elle répandrait l'histoire dans tout Paris, avec ce correctif tartufiant : « N'en parlez pas... Cela pourrait désobliger ce pauvre Marcel Schwob que M. France et mon mari aiment beaucoup. »

... Lorsqu'on exhuma des palimpsestes les tableautins d'Hérondas, je raffolai tout de suite de ce Théocrite populacier dont les *Mimes* nous ont restitué une antiquité délicieusement familière que le classicisme artificiel et gourmé des professeurs ne soupçonnait pas. Ses « scazons » me ravissaient, alertes, pittoresques, ça et là scabreux — ô le dialogue effronté des jolies acheteuses (des veuves je suppose), marchandant chez le vendeur de bibelots en cuir l'objet de leurs convoitises, l'Ersatz! Par malheur, la prose de Quillard, maladroitement rigide et les approximations d'Almereyda, d'une élégance académique si floue, justifiaient le dicton italien: « Traduttore, traditore. » J'aurais voulu décider Lemaître à nous donner une translation réunissant la pénétration du texte, le parfum antique, toutes les qualités dont manque douloureusement le « Satyricon » défiguré avec tant de sans-gêne anachronique par la collaboration dégradante de Laurent Tailhade; je le prêchai longtemps, dans son studio de la rue d'Artois où, enveloppé d'une robe de bure — l'air d'une illustration pour le Roman du Renard — il m'écoutait avec une attention moqueuse, puis:

— Méprisez-moi, mon bon Willy, mais

(1) M. Reinach crut d'abord qu'il s'agissait d'une sorte de chapeau; mais il se rendit compte, par la suite que le *baubôn* ne se mettait pas sur la tête.

toutes ces machines-là, je trouve que ça ne vaut pas Courteline.

Ce disant, il se frottait les mains, avec cette onction de séminariste dont jamais il ne se défit exactement, les yeux si rieurs que je ronchonnai, exaspéré par cette gaminerie irréductible :

— Vous ressemblez à un vieil enfant de chœur tout fier parce qu'il a liché le vin des burettes !

∴

La politique, un temps, l'attira, ou mieux le désir de répandre des opinions saines, de purifier l'atmosphère des partis, de prendre contact directement avec le suffrage universel, de devenir le *deus ex machina* qui, sur le terrain électoral fait la pluie... et le votant. Il multiplia les conférences. Il créa, par toute la France, une agitation féconde. Paul Acker qui l'accompagna quatre mois dans ses exténuantes tournées nationalistes, m'a souvent conté avec quel courage insouciant, voire amusé, il affrontait les plus brutales contradictions, indifférent aux huées, comme aux ruées, des adversaires politiques tentant d'escalader la tribune, et même aux cailloux que lui lancèrent, à Belfort, des filles à soldats excitées par une poignée de juifs allemands naturalisés de la veille...

(Sur ce sujet, il ne tarissait pas, le brave petit Acker, lorrain doux, fin et têtu. Quand il bachotait à Sainte-Barbe, j'étais son correspondant, je l'aimais beaucoup. La guerre l'a pris...).

Malgré les succès qu'elle lui valait, je maintiens que la Politique n'était pas le fait de Jules Lemaître.

Un matin, à neuf heures, son domestique me téléphona que « Monsieur me priait de passer chez lui, d'urgence ». J'envoyai Monsieur au diable, *in petto*. Neuf heures! Moi qui noircissais du papier de minuit au lever du soleil, je trouvai la convocation saumâtre. Enfin! Cocher, 29, rue d'Artois.

Je vis le coquet appartement de l'écrivain encombré d'hommes politiques; il y avait des électeurs dans tous les coins: il y avait, dans l'antichambre, une délégation des bouchers réactionnaires de la Villette (tout dévoués au comte de Sabran-Pontevès); il y avait Mme Barillier, femme du louchebem nationaliste, hypnotisée par un gigantesque phonographe qui vomissait des allocutions patriotiques panachées de *Marseillaise*: Au milieu de ces gens manifestement étrangers à toute littérature, Lemaître circulait souriant, actif, fort à l'aise.

Après qu'il m'eût, en trois minutes, expliqué ce qu'il désirait de moi, je ne lui cachai pas ma stupéfaction de le voir dans un pareil milieu, à cette heure imprévue :

— J'étais convaincu que vous aussi, comme tous les couche-tard, vous n'étiez pas, avant midi, en pleine possession de vos facultés intellectuelles.

— Bien sûr, mon bon Willy, bien sûr que je ne l'ai pas, cette pleine possession dont vous parlez si élégamment ! Je serais fort empêché, avant les œufs à la coque et la côtelette de mon déjeuner, d'écrire trois lignes honorablement rédigées... C'est pourquoi, me sentant indéniablement pâteux, je reçois, non des lettrés, mais des gens qui se passionnent pour ou contre le gouvernement.

— C'est plus prudent. Et, dites-moi, malgré l'heure matinale, votre intelligence est suffisamment désembrumée pour comprendre tous ces politiciens ?

— Comment donc ! (*Un rire silencieux plissa son visage*). Ils me trouvent subtil !

***

Lors des premières excursions qu'en bon provincial à peine débarqué dans la Capitale il ne manqua pas de faire au Chat Noir — terra incognita — Lemaître entendit fréquemment parler d'une célébrité montmartroise: « Lotte » et souhaita la connaître.

Je pus « contenter son caprice » comme barytonne l'obligeant Méphistophélès gounodien, car je voyais souvent cette originale gamine qui habitait rue Bochard de Saron, tout près du vieux compositeur pianophobe Reyer, un appartement si étroit que, pour passer la manche de mon veston, j'étais obligé d'ouvrir la fenêtre.

Comme celles du Nil, les origines de Lotte s'enveloppaient de mystère. Elle se prétendait fille non de son père légal, le citoyen K. (condamné après la Commune pour avoir obligeamment signé des articles incendiaires dont le prudent Cournet préférait ne pas s'avouer l'auteur), mais de Jules Guesde, ou peut-être de Massenet, « pas le musico, pas le gendarme non plus, un troisième frère «de Marancourt » qui était impresario dans l'Amérique du Sud, avec des manchettes en dentelles ».

Frimousse de gavrochette, de beaux yeux toujours en ignition, un nez folâtre, une bouche passionnée, cette fillette, d'une impulsivité redoutable, passait du rire aux larmes dans la même seconde; rosse à l'occasion, quoique foncièrement bonne, l'imprévu drôlatique de ses réflexions amusait le délicieux Georges Auriol, le candide et beau Poiré dit Caran d'Ache, Alphonse Allais dont cependant, la tête de cheval triste ne se déridait pas facilement, bref toute la bande de peintres et de littérateurs mise en coupe réglée par l'exploiteur Rodolphe Salis, seigneur de Chatnoirville-en-Vexin.

Pour satisfaire la curiosité de Lemaître, on organisa un dîner dans je ne sais plus quelle guinguette montmartroise. Trois ou quatre amis, beaucoup de hors-d'œuvre, du Vouvray et pas le moindre protocole.

Tout de suite, Lotte se manifesta très Lotte :

— Une veine que j'ai pu calter sans que le pied me voie...

— Le pied ? interrogea Lemaître, ami des précisions.

— Mon père, quoi !

Déjà elle fronçait ses sourcils irritables. On expliqua rapidement au noble étranger que la jeune personne usait d'un vocabulaire quelque peu spécial : son père, c'était le « pied » ou le « jeune prince », selon l'occurrence ; sa maman : « Rozembach » ; Salis : « le Pou » ; moi : « Kiki ». Il suffisait d'être prévenu.

Alors, le psychologue du *Pardon* et de l'*Aînée* posa quelques questions:

— Mlle Lotte, j'ai entendu parler de vous par votre amie Alberte, une blonde oxygénée qui, après avoir figuré quelques semaines aux Variétés, s'adonne présentement, sauf erreur, à la galanterie.

— La « ga... » quoi! La galanterie? Ya erreur! La seule Alberte que je connais, elle fait la grue.

— C'est bien ce que je voulais dire.

— Hé! ben, alors, dites-le... Oui, je la connais, même qu'elle m'avait invitée à dîner ce soir avec elle, ma sœur Marianne Ducroquet et son type dans une boîte chic.

— Combien nous regrettons de vous avoir privée de...

— Oh! Ne vous en faites pas! Je déteste quand elle m'emmène dans les grands restaurants parce que (*baissant la voix*), c'est une typesse qui sait pas se tenir.

— Vraiment?

— Oui! Des fois elle « chauffe » les couverts.

— Elle chauffe?... J'ignorais ce raffinement, confessa Lemaître.

— Elle les chauffe, je veux dire qu'elle les « poisse ».

— Un peu de moiteur aux mains, sans

doute? suggéra le futur académicien, qui ne soupçonnait pas tant de synonymes du verbe « voler ».

Lotte ne jugea pas ce *minus habens* digne d'une réponse. Elle me lança un coup d'œil chargé de noirs reproches :

— Hé ben vrai, Kiki, toi qui prétendais que ton copain était très intelligent! Mais il ne comprend rien de rien! Comme gourdée, il n'en craint pas...

Et ce fut ainsi tout le long de cette soirée dont Lemaître, tour à tour héros et victime, m'affirma souvent qu'elle restait parmi ses souvenirs de choix.

A la longue, cette « fille sauvage » finit par se polir un peu au contact de gens qui, à son grand étonnement, pouvaient vivre autre part que sur la « Butte ». Le poète Edmond Haraucourt était de ceux-là. Enthousiasmé des réparties de Lotte, voulait-il pas la présenter à Waldeck-Rousseau ! Je lui conseillai de la mener plutôt au Musée de Cluny (qu'il conserve) et dont les vénérables ceintures de chasteté avaient plus de chance d'intéresser Lotte qu'un profil ministériel.

Le Goffic, armoricain trop modeste, aussi rempli de bonté que de talent, s'intéressa, lui aussi, à Lotte, fraternellement, l'emmenant en Bretagne quand le cafard la travaillait trop dur... Aussi bien, c'était la compagne de voyage rêvée, admirant tout paysage nouveau, insensible à la fatigue, contente de tout. J'ajoute que, d'instinct, elle possédait des délicatesses, physiques et morales que bien des donzelles gonflées de prétentions n'apprennent qu'à l'usage. Ce n'est pas elle qui aurait jamais écrit, comme le fit Dora Musi (avant de connaître la gloire au cinéma): « Mon aimé, quel dommage que tu ne sois pas venu! Je m'étais justement fait les ongles des pieds... » Lotte s'acquittait de ces soins, sans en parler, même quand elle n'attendait personne.

Pauvre petite déséquilibrée ! Une après-midi de novembre, la pluie faisait rage; Lotte écrivit fébrilement sur une grande feuille de papier écolier qu'elle posa bien en évidence au milieu de la table de la salle à manger : « Quand il lansquine pareillement, c'est incroyable ce que tout me dégoûte. »

Son porte-plume lui ayant taché d'encre le médius, elle se lava soigneusement les mains, ses jolies mains étroites et longues.

Puis elle appuya contre sa tempe droite le canon d'un petit revolver et se tua, net.

CHAPITRE XII

Les nègres. — Les homosexuels. — A bientôt !

J'aurais encore beaucoup à dire. Pourquoi faut-il que le papier coûte si cher ?

Il me reste à traiter — c'est bien mon tour — la question des « nègres » sur laquelle Louis Thomas a écrit des choses très justes et Edouard Keyser de malveillantes âneries. L'omniscient Léon Treich a malicieusement insinué que je devais détenir des pièces intéressantes. En effet. Les nègres (je n'englobe pas dans cette dénomination mon vieux Curnonsky, humoriste profond, collabo inappréciable), les nègres, je m'en suis servi, mais j'ai servi aussi de nègre. Maintes fois.

Sur le cas Anatole France, le miséricordieux J. J. Brousson n'a pas voulu tout raconter. A l'article de l'*Eclair* (24 novembre 1924) que les lettrés devraient conserver dans leurs archives, des révélations viendront s'ajouter touchant les pièges tendus par « Madame » aux habitués de l'avenue Hoche qu'elle jugeait utile d'évincer; pourquoi ne pas publier également certains détails montrant l'avarice du Maître? O le voyage en Italie que fit, sous sa conduite le jeune ménage de Caillavet... il était jeune, alors!

(Pour avoir publié d'indiscrets ragots sur Anatole France en pantoufles, J.-J. Brousson fut traité dans l'*Ère Nouvelle,* par Pioch, d'écrivain « excrémentiel..... d'une infamie assez vile pour faire baver de dégoût les cloportes eux-mêmes ». Mais ce sont les risques du métier. Un autre francophobe, M. René Johannet, s'en est tiré à meilleur compte.)

On m'a demandé des précisions, je les fournirai, sur mon premier mariage, mon premier divorce, mon second mariage, mon second divorce, (*à suivre*)...

Théodore de Banville, Emile Faguet, Toulet, Rachilde, etc., sans oublier Guillaume Apollinaire qui m'écrivit des lettres précieuses, j'aimerais leur consacrer des pages, et à d'autres hommes, et à d'autres femmes. et à des hommes-femmes. Ces derniers, je ne les raterai pas.

Blessés par la préface de l'*Ersatz d'amour,* certains d'entre eux m'ont attaqué, (par derrière, of course). Pourquoi ne pas mettre au jour les manigances d'un pianiste en ébullition toujours effervescent comme une bouteille d'eau Perrier, accoutumé à « tripuder » — ô lord Hantayad — sur un instrument qui ne sort ni de la maison Pleyel ni de l'ordinaire. Devrait-il point faire meilleur usage de ses dix doigts ?

Une coquine qui se targue, en sirotant son Cinzano, de préférer, à la musique, les lettres (surtout la dix-septième, je pense), s'est permis d'écrire dans une feuille de chou — ou de rose — confidentielle : « M. Gauthier de (*sic*) Villars a expérimenté les pipes de touffiane avant d'écrire *Lélie fumeuse d'opium;* pourquoi n'aurait-il pas procédé à des expériences lui permettant de documenter son *Ersatz d'amour?* J'indique sans le développer, ce thème...»

Tu as raison, gâcheuse. Ce n'est pas ton affaire, le thème ; tu es plutôt fait pour l'inversion. Mais ne me nomme pas Gauthier *de* Villars, je n'ai aucun besoin de ta particule.

Où irions-nous, si un auteur ne pouvait, sans encourir le soupçon, décrire d'autres mœurs que les siennes propres (entendez « propres » comme il faut) ? André Gide n'aurait pu donner son inoubliable *Saül* immoraliste entiché d'un harpiste adolescent, ni Binet-Valmer l'émouvant *Lucien,* son chef-d'œuvre; ni Rachilde tant de peintures dont Retté déplore « l'amoralité totale »; ni Birabeau sa *Débauche* au dénouement paradoxal; ni « ni notre précieux pasticheur » Abel Hermant, pour parler comme M. Martin du Gard, ses esquisses d'homoérotes anglo-saxons qui eussent séduit Walt Withmann; ni Fazy la *Nouvelle Sodome* dont les révélations firent sortir de ses gonds la Sublime Porte; ni Marcel Proust ses réquisitoires minutieux et compacts; ni Mme Colette certain personnage de cette *Ingénue libertine* dont ses biographes, Keller et Gautier, aussi vaseux que le Marcel Sauvage, chirurgien des roses et brouteur de chardons, blâment le prétendu « pathos sentimental » ; ni Francis de Miomandre ses *Petits messieurs* évoluant, poudrerisés, autour de don J'aime; ni Carco son *Jésus-la-Caille* qui, habitué des fumeries suspectes, tire sur le Bambou.

Je ne fais que mentionner, faute de place, Anquetil, terriblement documenté; le sinologue qui se complaît aux chinoiseries invraisemblables de *Bijou-de-Ceinture*, dont la publication valut au *Mercure de France* quelques désabonnements pudibonds; Henry Ner, verbeux; Henry Marx, crâneur; le mièvre Essebac (anagramme de Bécasse) et sa cargaison de petits bouquins peureusement antiphysiques; le docteur (?) Agrippa dont la *Première Flétrissure,* il y a vingt ans, se vendait presque autant que les mornes *Lettres d'un Frère à son élève;* enfin Manoel et Bénito, les deux associés sud-américains en train de fabriquer un roman à clef où se retrouveront leurs amis, comme eux « pédérastas ».

En ce qui me concerne, jamais je ne serai la proie de la pieuvre Homosexualité, dont je méprise les... tentacules. Vieux tireur impénitent, pourquoi changerais-je mon fusil de pôle? La Femme vaut encore mieux que l'Ersatz. Je ne prétends pas qu'elle vaille grand chose.

Nous nous reverrons, gens de bien. Mon prochain volume paraîtra bientôt. Un proverbe qui n'est pas emprunté au bagage psychologico-culinaire de M Rouff, styliste génevois, assure que « la vengeance et le veau doivent se manger froid ». Ma vengeance ne perdra rien pour attendre.

Les veaux non plus.

FIN

INDEX ALPHABÉTIQUE

DES NOMS CITÉS DANS CET OUVRAGE

Jacob Max
Jean-Bernard
Joncières
Jouve

Kahn Gustave
Keyser Edouard de
Kipling

Lamoureux
Le Goffic
Lemaitre Jules
Legrand Maurice
Lichtenberger André
Listz
Lorrain Jean
Loti Pierre
Lotte
Louys Pierre

Magnard Albéric
Mallarmé
Marsan Eugène
Marsolleau
Malherbe
Martinet
Marx Henry
Masson Frédéric
Masson Georges-Armand
Massenet
Martin du Gard
Mathey
Mauri Rosita
Mauclair Camille
Maupassant Guy de
Maurras Charles
Mendès Catulle
Méry Jules
Michael Ephraïm
Mille Pierre
Miomandre Francis (de)
Montegut
Montfort Eugène
Moréas
Moreau Gustave
Morel Eugène
Moreno Marguerite
Morice Charles
Mortane Jacques
Muller Charles
Mussi Dora
Myriam Harry

Ner Henry

Ollivier Emile

Pelletan Camille
Picard Gaston
Pierné Gabriel
Pioch Georges
Poiret
Polaire
Porto-Riche
Pottecher Maurice
Pougy Liane (de)
Poulenc
Prévost Marcel
Proust Marcel
Psichari

Quillard Pierre

Rabelais
Rachilde
Rameau Jean
Radiguet
Ravel
Raynaud Ernest
Reboux Paul
Régnier Henri (de)
Renard Maurice
Renard Jules
Rette
Reval Gabrielle
Reyer
Richepin
Rivière Jacques
Rolland Romain
Rosny
Rostand Edmond
Rothschild Willy (de)
Roussel Raymond
Rouveyre André
Roze
Ruinard Paul-Napoléon

Saint-Pol Roux
Saint-Saens
Sanderson Sybil
Sarcey Francisque
Scholl
Schwob Marcel
Serres Louis (de)
Séverine
Simond Henry
Simon Jules
Silvain
Sorel Albert
Stravinsky
Strowski Fortunat
Sully Prhd'homme
Swarte Madeleine (de)
Sylvestre Armand

Tailhade Laurent
Thomas Ambroise
Thome Francis
Tinayre Marcelle
Trebla
Treich Léon

Valles
Van Dyck
Vauxcelles Louis
Verhaeren
Verlaine
Viele Griffin

Wagner Richard
Waldeck-Rousseau
Wolff Albert

Xanrof

TABLE DES MATIÈRES

ACHEVÉ D'IMPRIMER
LE 13 MAI 1925
SUR LES PRESSES DES
ARTISANS IMPRIMEURS
P. LEFÈVRE, DIRECTEUR
23, RUE DE LA MARE
A PARIS (XXe)

COLLECTION DE GAI SAVOIR
N° 1

JEAN GRAVIGNY

Montmartre en 1925

AVEC UN VOCABULAIRE DE L'ARGOT USITÉ A MONTMARTRE

In-16 jésus broché : **12** *fr. — Couverture en couleurs et 104 dessins de V. de Rego Monteiro.*

Le succès de ce livre vient en partie de ce que nous ne possédions que des ouvrages historiques sur Montmartre. L'auteur a préféré s'en tenir au Montmartre de maintenant, fêtard et voluptueux, pervers et sentimental. Chacun trouvera là le renseignement dont il a besoin au gré de ses préférences. Il s'agit, en effet, d'un livre documentaire qui est, en même temps, le plus précieux des guides.

TABLE DES MATIÈRES. — I. Topographie de Montmartre, comparaison avec Montparnasse, l'enchantement de Montmartre. — II. L'ancien Montmartre, les bombes d'Henri IV, la vogue au XIXe siècle. Hier et aujourd'hui. Respectons le vieux Montmartre. — III. La république de Montmartre, la foire aux croûtes, l'Antre du Lapin Agile, la place du Tertre, les ateliers d'artistes. Où peut-on manger à Montmartre ? — IV. A l'ombre du Sacré-Cœur, Saint-Pierre de Montmartre, le Sacré-Cœur, Saint-Jean l'Evangéliste. — V. Montmartre la nuit. A minuit place Pigalle. Refuge de tous les fêtards. Une joyeuse tour de Babel. — VI. Quelques types nocturnes : les danseurs, les danseuses, les chasseurs, les mendigots, les Russes et la haute noce. — VII. La galanterie à Montmartre : les belles de nuit, les inévitables compagnons de ces dames. — VIII. Deux vices importés : la coco et ses amateurs, les petits Messieurs. — IX. Les grands dancings populaires. — X. Etablissements excentriques. XI. Les cabarets de chansonniers. — XII. Les grands établissements de nuit. A quelle heure monter à Montmartre ? Distractions variées. — XIII. Champagne obligatoire. Initiation champenoise. Comment choisir son champagne. Le prix du champagne. Conseils aux consommateurs. Les grandes années de champagne. — XIV. Vocabulaire de l'argot, tel qu'il est usité de nos jours à Montmartre.

COLLECTION DE GAI SAVOIR
N° 2

MAX FRANTEL

Joyeuses Anecdotes

POUR SERVIR A L'HISTOIRE DE LA POLITIQUE, DES LETTRES, DES ARTS ET DES MŒURS EN L'AN DE GRACE ET DE DISGRACES 1924

In-16 jésus broché : 9 fr. — Il a été tiré 25 exemplaires sur papier pur fil Lafuma à 30 fr. portant la signature de l'auteur.

Voici les échos les plus malicieux de l'année, ceux qui passeront pour la plupart dans l'histoire. Le mémorialiste nous introduit partout. Il force pour nous les salles du trône et les alcôves. Il nous fait entrer dans les salons les plus fermés et les boudoirs les plus accueillants. Par lui, le lecteur n'ignore rien de ce qui se passe dans les coulisses des théâtres ou du Palais-Bourbon, le plus divertissant des théâtres pour les yeux qui savent s'amuser. *Joyeuses Anecdotes* est un exposé hilarant de l'histoire qui se fait. Chaque chapitre résume en quelques lignes les grands faits que nous aurions pu déjà oublier; mais cette présentation protocolaire est aussitôt suivie d'un déluge d'historiettes, de bons mots, d'aventures savoureuses dont ministres, parlementaires, littérateurs célèbres, artistes à la mode, jolies femmes en vue font les frais. Nous suivons ainsi sans fatigue et avec joie un guide qui satisfait à toutes les curiosités actuelles. L'auteur a pensé que la petite histoire est la meilleure façon de retenir l'histoire qui se fait. Il paraît estimer qu'un grand homme nous semble plus près de nous, plus humain, plus facile à pénétrer, si nous pouvons le voir hors de toute parade, en pyjama, dans ses rapports domestiques, dans ses inévitables intimités. Les historiens de l'avenir consulteront *Joyeuses Anecdotes* comme ceux de maintenant aiment à lire Tallemant des Réaux.

COLLECTION DE GAI SAVOIR *Paraîtra en Juin*

N° 4

Les Amoureux Passe-Temps

OU CHOIX DES PLUS GENTILLES ET GAILLARDES INVENTIONS DES XVIe et XVIIe SIÈCLES

depuis Ronsard jusqu'à Théophile

colligées sur les manuscrits et les éditions originales par

FERNAND FLEURET

Un avertissement badin de Fernand Fleuret nous éclaire ainsi sur la véritable portée de cette anthologie de haute saveur :

«Ce n'est pas absolument dans le dessein de te présenter un Recueil de pièces libres LECTEUR, que j'ai réuni ces *Amoureux Passe-Temps* que je pourrais pousser dans le monde comme la Somme de la poésie licencieuse de près d'un siècle...

Il s'agissait encore de t'instruire en t'amusant, si toutefois tu le veux bien. Je me suis donc mis en cervelle de te montrer l'influence de Ronsard sur les poètes de son temps. Je n'ai pas choisi pour ce faire, le Ronsard pindarique et pétrarquiste, celui que l'on t'enseigna si mal sur les bancs, mais un Ronsard gaulois que tu connais encore moins, sans doute. Ainsi te révèlerai-je du même coup toute une poésie gaillarde et folâtre que tes maîtres n'ont eu cure de t'apprendre parce qu'ils ne la connaissent point...

Je t'ai mis plus de trente poètes du même siècle, sur lesquels il en est bien vingt qui ont contrefait son langage, qui lui ont dérobé des sujets, des tours, des vers, des expressions : tu jugeras donc que Ronsard avait trouvé le style qui convient à la galanterie, sans quoi personne ne se serait avisé de le lui emprunter pour parler à sa belle... Bref, il fut le rénovateur de la poésie badine et son influence est encore vivace chez la plupart des poètes de l'âge suivant, bien que ces derniers, en trahissant leur maître, en le méprisant parfois, aient fait dévier vers le libertinage un genre gracieux, naturel, exempt de vice et de la plus authentique Poésie...

Tu trouveras dans ces "Recueils" des vers de Malherbe et de ses élèves. Sais-tu que surnommé le "Père Luxure", il a commis une dizaine de pièces légères, dont cinq sonnets embrasés qui peuvent compter parmi les plus beaux vers de la langue ? Sais-tu que ce tyran des mots et des syllabes ordonnait à Racan, alors âgé de trente-cinq ans, de versifier des « friponneries de page », et qu'il en discutait les termes avec lui ? ».

Un volume de 290 pages in-16 jésus à 1500 exemplaires, c'est-à-dire :

25 exemplaires (de 1 à 25) sur japon, contenant un état des bois rayés à	130 fr.
75 exemplaires (de 26 à 100) sur madagascar	90 fr.
400 exemplaires (de 101 à 500) sur pur fil Lafuma	50 fr.
2000 exemplaires (de 501 à 2500) sur bel alfa bouffant	25 fr.

Nous nous réservons le droit, en raison des prix de revient de plus en plus onéreux, de majorer les prix ci-dessus après la mise en vente

COLLECTION DE GAI SAVOIR *à paraître en Juin*
N° 5

POL PRILLE

Bois de Boulogne, Bois d'Amour.

1 volume sur alfa bouffant : 10 francs

Il semble que la chronique scandaleuse veuille représenter notre plaisant Bois de Boulogne comme une sorte de moderne et démocratique Parc aux Cerfs. Certains romans, d'apparence documentée, contribuèrent à imposer cette réputation. Si l'on s'en rapporte à ces différentes sources, les Hamadryades continueraient même de nos jours leurs provocantes chorégraphies ; Nymphes et Satyres maintiendraient encore, jusqu'à la porte de Paris, cette tradition de lascivité que les poètes antiques nous ont révélée. Que faut-il croire de ces potins qui passent de bouche en bouche ? Pol Prille vient nous le dire aujourd'hui. Une suite d'enquêtes minutieuses lui a permis de voir clair dans ces amoureuses nuits de mai à octobre. Il dévoile en historien objectif leurs prétendus mystères. Il délimite exactement, avec une précision d'observateur incorruptible, ce qu'il faut entendre par ces actuelles et nocturnes Saturnales. Huysmans eût aimé ce livre-là, comme une suite naturelle aux perversités diaboliques dont il s'est fait l'historiographe.

COLLECTION DES LETTRÉS — Paraît fin mai
N° 2

MAURICE VERNE

Palace-Hôtels

ROMAN

1 volume sur alfa bouffant : **10** *francs*

Sous ce titre, Maurice Verne publie un roman qui complète le fameux livre des "Rois de Babel", provocateur de passionnantes polémiques. Pendant quatre ans, Maurice Verne fut à peu près absent de Paris ; il voyageait de capitale en capitale et se documentait pour nous montrer sous un jour familier quelques-uns de ces rois nouveaux qui mènent désormais le monde, ceux d'hier et d'aujourd'hui : Carnegie qui arriva en Amérique avec quelques shillings dans sa poche et cinquante ans plus tard, pouvait offrir le palais de la paix avec ses millions gagnés dans les fonderies d'acier ; Vanderbilt ; Pierpont-Morgan, le roi de l'or ; Rockefeller qui éleva le premier institut médical du monde, coût trois cents millions de dollars, après avoir débuté comme petit employé dans les maisons de commerce américaines. Puis viennent les Krupp, Thyssen. De même les lords, maîtres des grandes industries et du commerce britanniques ; les Chamberlain, par exemple, les rois du fer de Birmingham et par conséquent les maîtres de la politique du protectionnisme. Ce livre n'avait jamais encore été fait. Il fallait un voyageur pour le mettre à point. "Palace-Hôtels", de Maurice Verne, est, sous la forme du roman, une petite histoire contemporaine, l'histoire que les historiens n'écrivent jamais, parce qu'ils ne quittent pas leur cabinet de travail.

COLLECTION DES LETTRÉS
N° 3

FERNAND AUBIER

Le galant gynécologue

ROMAN

BOIS ORIGINAUX DE SIMA

1 volume sur alfa bouffant : 10 francs

Le gynécologue est souvent un homme et devrait toujours être un dieu. Celui dont l'histoire est si plaisamment racontée par Fernand Aubier semble avoir cette double puissance humaine et divine. Résumer en quelques lignes les savoureuses péripéties de ce roman exposerait à en donner une idée fausse. Le thème est en effet d'une rare audace. Mais l'auteur, avec une souplesse surprenante, évite le détail qui pourrait choquer les délicats. Il dit tout ce qu'il faut savoir quand le héros est un gynécologue, les situations les plus hardies n'en sont pas moins exposées avec un art attentif; elles ne sont que prétexte à d'insinueuses idées générales. Jamais le freudisme n'avait inspiré un livre plus complet, pénétrant et définitif. La conclusion? L'auteur semble l'avoir trouvée dans cette phrase de Saint-François de Sales, qu'il épingle en exergue de son XXVe chapitre : « Ne permettez jamais Philothée qu'aucun ne vous touche ni civilement, ni par manière de folastrerie, ni par manière de faveur ».

GUSTAVE KAHN

Silhouettes littéraires

in-8 couronne : 6 fr. 50.

Gustave Kahn pourrait nous donner la meilleure *Histoire de la littérature française d'aujourd'hui*. Il semble s'y être préparé par ce volume. Ce ne sont peut-être, comme il les appelle avec trop de modestie, que des silhouettes. Mais elles ont plus de caractère et de vérité que des portraits achevés. On comprend, en l'écoutant, qu'il a vécu ardemment la lutte symboliste. Il y a joué un des rôles principaux. Ses souvenirs nous font revivre tout ce qui doit rester de ce mouvement formidable. Sa grâce et son malicieux enjouement de conteur sont inégalables. Enfin sa documentation apporte une lumière définitive sur maint problème littéraire. Ceux qui connaissent Gustave Kahn savent avec quelle conscience il donne son témoignage sur les combats qu'il a soutenus. Ils savent également que sa mémoire n'a rien oublié des personnages considérables dont il fut le familier et l'observateur pénétrant.

L'Aube enamourée

ROMAN

Quelle délicate sobriété dans cette peinture d'un amour qui ne veut pas s'avouer, — mais aussi quelle force violente tant elle est concentrée ! Gustave Kahn donne là une sévère leçon à tous les bâcleurs d'épisodes sans intérêt, à tant d'écrivains qui ne savent pas écrire. Après avoir été un des princes de l'école symboliste, il s'impose par l'*Aube enamourée* comme un des maîtres du roman d'après-guerre.

1 volume 7 fr. 50

WILLY

Souvenirs littéraires ...et autres

In-8 couronne : **6** *fr* **50**

TABLE DES MATIÈRES. — I. Enquêteurs et enquêtés, Gaston Picard, Jean-Bernard, Ajalbert, Divoire, etc. Correspondances saphiques des journaux des modes. — II. Les deux Willy. Octopodes autobiographiques. Mon ancêtre le maréchal de Villars. — III. Le veuf sur le toit. Deux académiciens s'interviewent : Jules Simon et Caro. Les bas rouges de Madame Aurel. Dekobra et Franc-Nohain au collège. — IV. L'orang Tailhade, Mallarmé et autres. Sarcey chahute. L'inceste au théâtre. — V. Le journal «*Lutèce*». Albert Delpit pleure dans les bras de ma cousine et fait pipi dans son pantalon. Le pauvre Paul Alexis. — VI. Chabrier juge Massenet. Mademoiselle Madeleine de Swarte me juge dans les « Fourberies de Papa ». Gounod juge Gustave Charpentier. Le tragédien Sylvain, navigateur et tireur à cinq. Armand Sylvestre et ses maîtresses. Le génie de Wagner et les ridicules de Bayreuth. « Claudine s'en va ». Mademoiselle Polaire et « Siegfried ». La chemise d'un sociétaire et Monsieur Raymond Roussel. — VII. Rosseries de Degas. Bonnat compare les critiques d'art aux cochons. La mauvaise foi de Monsieur Jacques Blanche. Les manchettes de Moréas, sa métrique, sa griserie. Mendès, machiavel en tous genres. Mots acides de Moréno. — VIII. Un pastiche de Rostand. Jean Richepin vilipendé par Bouchor. Madame Purnode, chanteuse aphone. Camille Pelletan, acrobate occasionnel, rate son tour. — IX. L'académicien Frédéric Masson demande qu'on me fusille. Le compositeur Roze chez Jean Lahor. Les dîners de Judith Gautier, wagnérienne. Un frère de Victor Hugo à Charenton. Liszt chez Madame Erard. — X. Raoul Gunsbourg. Son portrait par Jules Lemaître. Il me réconcilie avec Massenet. — XI. La revue bleue. Le fantaisiste Jacques du Tillet, le caustique Vanderem, le bon Jules Lemaître et le perfide Anatole France. Lotte et ses amis. — XII. Les nègres. Les homosexuels. A bientôt

www.ingramcontent.com/pod-product-compliance
Ingram Content Group UK Ltd.
Pitfield, Milton Keynes, MK11 3LW, UK
UKHW031859260826
14628UKWH00002B/871

9 782329 173818